DOMINIQUE PERRIN

Dédé vous salue bien !

Récit d'une jeunesse française

*À mon jeune papa qui ne prenait jamais rien au sérieux,
ton vieux fiston à qui tout semble trop grave.*

Ouvrages du même auteur :

- Un village du Languedoc au XVIIe siècle : Colombières-la-Gaillarde (1600-1700), *P.*, 1983 (En collaboration avec Guy Bechtel)

- Boutons de livrée de fabrication française, 5 volumes, *Patrice du Puy éditeur,* 2008-2017 (le premier volume en collaboration avec Thierry de Bodard), préfaces de : duc de La Force (1), Bertrand Galimard Flavigny (2), Olivier Coutau Bégarie (3), duc d'Uzès (4), S.A.R. mgr le duc d'Orléans (5).

- Un long et douloureux frisson de fierté, *chez l'auteur,* 2017

- Histoire des Caylus, 2e édition, *chez l'auteur,* 2017.

© 2017, Dominique Perrin

Edition : BoD – Books on Demand
12/14 rond-point des Champs-Élysées, 75008 Paris
Imprimé par Books on Demand GmbH, Norderstedt, Allemagne
ISBN : 9782322082742
Dépôt légal : novembre 2017

I
Il y a un commencement à tout

Je m'appelle André Perrin, Dédé pour les intimes et je suis né à Paname le dimanche 25 août 1918, jour de la Saint-Louis, Léonard Bernstein aussi. Enfin lui, c'était à Lawrence dans l'État du Massachusetts. Autant vous le dire tout de suite, c'est le seul point commun que nous ayons, lui et moi, je crois.
La première guerre mondiale n'était pas terminée. Depuis le début du mois et jusqu'à la mi-septembre se déroula ce que les historiens appellent la troisième bataille de Picardie. C'est le début de la fin pour les Boches. Les Français et leurs alliés sont à l'offensive et font des masses de prisonniers.
Bon, moi, évidemment, je n'ai pas de souvenirs là dessus. C'est de l'autre guerre, celle de 39-45, dont je vous farcirai quelques détails plus tard. J'y fus troufion et bien cocu, comme des centaines de milliers d'autres. Nous verrons çà plus loin.
Celle de 14-18 sous laquelle je vis le jour, faussement appelée la « der des ders », fracassa profondément mon dabe. Elle modifia son destin, pas en bien. Par voie de conséquence, la vie de ma mère fut aussi sérieusement chamboulée et celles de ses quatre gosses, dont moi le petit dernier, devaient également s'en ressentir.

Mon frère aîné, Gaston, né en 1912, avait davantage de souvenirs sur nos parents. Nous ne fûmes jamais assez proches pour qu'il m'en dise quelque chose. Il m'a toujours considéré comme un bon à rien. Quand je revins chez ma mère après un périple chaotique de quelques années, j'étais encore ado, il ne trouva rien de mieux que de me foutre son pied au cul. Je le traitais alors de « grand con », ce que son mètre quatre-vingt-cinq justifiait pleinement. Lui, ce fut le privilégié, pris en charge par notre grand-mère maternelle, Léonie Vadrot-Escampe, veuve Ménager, qui s'en servit comme substitut de son fils, Gaston Ménager, mort tragiquement au Canada en 1910. Je reviendrai sur ce tonton d'Amérique dont maman nous contait les exploits contre les Anglais dans le commerce des fourrures avec les indiens du grand nord. Quant à la mémé elle ne m'aimait guère. Elle n'aimait pas trop non plus mes deux sœurs. Nous, on le lui rendait bien. Elle habitait rue Cambronne dans un logement très sombre. Elle me disait : *si tu n'es pas sage, tu iras dans le cagibi noir. Dedans il y a un éléphant*. Quelle connerie ! Toute ma vie j'ai eu une trouille bleue des éléphants.

Mes deux sœurs, Louisette et Jeannette, nées respectivement en 1913 et en 1916, m'adoraient et c'était réciproque. Nous habitions alors rue

Olivier-de-Serres dans le quartier Saint-Lambert du 15ᵉ arrondissement.

Je vécus là mes premières années avec mes parents et mes sœurs, rapidement installés dans la cité des jardins d'Arcueil, proche banlieue parisienne. Ce déménagement à Arcueil se fit vers 1922 je pense. Gaston resta chez la mémé rue Cambronne.

La cité des jardins, mes premiers grands souvenirs. C'était une cité encore en construction, toute proche du grand aqueduc séparant Arcueil et Cachan. Les pavillons contigus laissaient à chacun un jardin de cent à deux-cents mètres carrés, souvent sur l'arrière, où mon père faisait d'extraordinaires récoltes de légumes. Je crois que ma passion des jardins légumiers vient de là, de l'avoir vu cultiver avec tant d'ordre et de patience les haricots, pommes-de-terre, carottes et salades diverses. C'était la campagne. Je me souviens de champs de blé et des trois fermes d'Arcueil dont les terrains s'étendaient sur Cachan, alors peu urbanisé. Cette cité faisait partie des grands projets de décongestion du Paris populo menés par l'organisme des habitations à bon marché de la Seine, ancêtre des HLM. Tout était conçu avec un confort et des services de proximité assez novateurs pour l'époque et pourtant bien rudimentaires. Il y avait deux chambres, celle des parents, celle des enfants. Une salle à manger avec un coin cuisine équipé d'un évier à eau courante – mais froide - et d'une cuisinière en fonte émaillée, servant aussi bien à chauffer les aliments que cette pièce principale l'hiver. Aucun chauffage dans les autres pièces. Des toilettes, un sellier et une entrée complétaient le tout. Une sortie du sellier où s'entreposaient bois et charbon donnait sur une petite terrasse face au jardin.

Un groupe scolaire, une coopérative d'alimentation et un grand stade vinrent rapidement compléter les pavillons. Il y a une photographie de cette première installation. Mon vieux manie la bêche dans le jardin du pavillon d'angle que nous occupions alors. C'est très flou. Devant, dans la rue, des enfants. Moi je suis le petit gars qui s'appuie sur la clôture. C'est la seule photographie qui nous reste où l'on voit mon père, maigre, sans doute déjà bien tubardé. Impossible de discerner ses traits. Mais je n'ai pas besoin d'une photographie pour le revoir me fixer avec son regard bleu intense. Il est très adroit de ses mains et me fabrique divers jouets en bois vraiment merveilleux. Ma joie lui fait plaisir. Ces moments de bonheur me sont précieux. C'est mon trésor d'enfant, le seul.

II
Mon dabe et sa guerre

Je ne vais pas vous farcir ma généalogie. Ça c'est le dada de mon fils. Moi je suis un gosse qui a galéré tout seul, loin de toute la famille. Mais, au moins, je vais vous présenter mes vieux en commençant par mon dabe.
Eugène-Georges Perrin était né dans le 15e en 1883. Ses parents étaient également parisiens, ouvriers dans les métiers du Faubourg, dans la fabrication du meuble principalement, là où lui aussi commencera. Il faut remonter sous la Restauration pour voir débarquer mes Perrin de leur Morvan ancestral et leurs conjoints de Normandie ou du Velay d'après ce que me raconte le fiston. Ils sont alors marchands légumiers. Donc nous sommes de vrais parisiens, race assez rare de ceux qui ont vécu les barricades de 1830, de 1848 et de la Commune. De ceux à qui faut pas en raconter ni trop marcher sur les pieds. De ceux qui n'aiment ni les bourgeois, ni les tyrans, ni le fainéant du paillasson d'à côté et encore moins la concierge. Ouvriers mais pas illettrés. Dans la famille tous savent écrire et Eugène a la plus belle signature. C'était plutôt un artiste, doué avec ses mains mais aussi passionné d'art et de littérature. Avec cela grand sportif le dabe. Il fréquente aussi bien les ateliers de peintres que les cafés littéraires du 15e, quartier assez neuf où se mélangent

toutes les classes sociales. C'est sans doute là qu'il rencontre Jules Rimet, le fondateur du Red Star.

En 1897, Rimet, futur créateur de la coupe du monde de foot, avait fondé ce club légendaire avec son frère cadet, son beau-frère Jean de Piessac, Ernest Weber, père de Jean Weber de la Comédie Française et Charles de Saint-Cyr, poète et coureur à pied.

Il s'agit d'abord d'un club omnisports où l'on pratique principalement l'athlétisme, le foot bien sûr, mais aussi le billard, la lutte et le cyclisme. Sur le plan des idées, les statuts récusent la dépendance religieuse ou une quelconque affiliation politique mais, de fait, le club est dans la mouvance du *Sillon* de Marc Sangnier, à l'idéal humaniste-chrétien, opposé en tous cas aux mouvements de gauche anticléricaux et matérialistes. Cela m'a épaté de l'apprendre. Je pensais, moi l'anar, que « l'étoile rouge » était archéo-coco. Il semble que le nom vienne d'une ligne de ferries anglaise, la « Red Star », qu'empruntait couramment Weber, passionné du championnat de foot d'outre-manche. Il y a d'autres légendes sur ce nom, toutes apolitiques. Les clubs sportifs de l'époque prennent des noms rosbifs. Le « Red Star Amical Club », fondé dans un bistrot de la rue de Grenelle, n'a pas failli à la règle.

Chez maman, j'ai toujours connu la grande statue de bronze représentant Pierre de

Coubertin. C'est l'un des seuls souvenirs subsistants de mon père. Le reste a le plus souvent été détruit par mon beau-père, brave gars mais pas très fut-fut, et bien trop jaloux de la gloire du premier mari. Avec lui non plus je ne me suis pas très bien entendu. La question est : comment mon vieux a-t-il eu cette statue ? C'est un peu trop grand et trop beau pour être un trophée sportif. Le Pierrot tenait un javelot qui a disparu. J'ai du paumer ça en jouant avec étant gosse. Peu importe, je ne sais pas pourquoi ce grand humaniste un tantinet réac a atterri entre les pattes de mon daron. Si encore on trouvait cette statue ailleurs, mais elle semble unique et, même non signée, elle doit valoir de la tune. Bon, là encore peu importe, chez nous la tune y-en avait pas mais on s'en foutait. Pis, un souvenir de mon père, ça n'a pas de prix.

Je ne suis pas certain que papa ait commencé avec le foot mais il y vient assez rapidement. Il fit du fleuret aussi et cavalait avec le rimailleur Saint-Cyr. Cela l'amusait. Mais lui restait dans l'esprit amateur de Coubertin alors que Rimet voulait surtout professionnaliser le foot.

Bon, je ne sais pas très bien où il en était là-dedans quand le service militaire lui tomba sur le râble. À vingt piges, lors du recensement militaire on le trouva bon pour le service avec son mètre-soixante-douze, son bon niveau d'instruction et de pratique sportive. Il se dit alors vernisseur sur bois et chauffeur d'auto. Il tira presque trois ans de novembre 1904 à juillet 1907 à Saint-Brieuc et sortit caporal avec un certificat de bonne conduite. Comme tous les p'tits gars de son temps, il était patriote et sans doute revanchard. Enfin, c'était avant d'en prendre plein la poire.

Je sais moins de choses sur sa formation d'artiste-peintre. Je n'ai pas même le souvenir de l'avoir vu peindre. Mais je me souviens très bien d'un tableau représentant un petit port avec des bateaux qui fut le modèle d'une grande toile réalisée pour la décoration de la salle coopérative de la cité. Il nous avait aussi tous portraituré, maman et les minots, chacun le sien, peint sur bois. Le parâtre a brûlé tout çà après avoir pris sa place. Quant à la grande toile de la coop, c'est le PC qui l'a récupérée dans les années trente pour la déco de son siège central, du moins c'est ce que racontait maman. Il me reste un tout petit rectangle d'isorel sur lequel sont peintes des roses. J'ai encadré ça dans un coin de ma bicoque normande. Je ne sais pas vraiment si c'est de lui mais je fais comme si.

En plus il était zicos. Il a appris à mes sœurs à jouer du banjo. Il les accompagnait avec un bandonéon. Moi j'étais trop jeune mais il me reste le souvenir de ces moments joyeux.

Revenons à son retour du service militaire. Son père meurt juste après, en novembre 1907. Il habita alors chez sa mère, rue Cambronne. Il devient chauffeur aux postes de Paris. Il pratique alors plus assidûment le foot. En 1908, il est remplaçant dans l'équipe première du Red Star. En 1909, il intègre l'équipe qui accède à la première division. Avec lui, un tout jeune garçon de 19 ans, Lucien Gamblin, Lulu, qui va devenir son grand copain, le futur international, multi vainqueur de la Coupe de France puis fameux journaliste après sa carrière sportive. Sur la photo de l'équipe en 1910, ils sont l'un à côté de l'autre, debout, en haut à gauche. Avec eux, les futurs grands noms de l'équipe de France. C'est d'ailleurs la seule photo où je vois le visage de mon père. Elle aussi est assez floue, un peu comme mes souvenirs. Pourtant, je me souviens bien de Lulu qui venait nous voir à Arcueil. Plus encore que lui, je me souviens de sa moto avec side-car dont les pétarades me ravissaient.

Ma mère est bien jeune quand il la rencontre en 1909. Ils habitent le même quartier, elle chez ses parents, rue de Cambronne également. Peut-être l'a-t-elle vu jouer ? L'équipe s'entraîne encore sur un ancien terrain vague du proche 7e avant, en 1910, de rejoindre Saint-Ouen et son complexe sportif tout neuf qui deviendra le fameux stade Bauer bien plus tard.

Qu'elle est belle du haut de ses seize printemps cette jeune fille si gracieuse aux longs cheveux blonds et soyeux, au teint diaphane avec cet air de princesse qui éclipse tout autour d'elle. Il lui fait la cour assidûment. Dix ans les séparent et les parents Ménager ne sont pas très chauds. Il y met les manières et les formes et finit par totalement apprivoiser la raide Léonie. Allez, le mariage est décidé et c'est le samedi 4 mars 1911, à l'église Saint-Lambert et à la mairie du 15ᵉ, que mes parents s'unissent devant Dieu, les hommes et tout le toutim. Papa à 28 ans, maman 17 depuis un mois. Mon dabe raccroche les crampons et range son beau maillot rayé vert et blanc. Gamin, j'ai joué avec ce maillot.

Les tourtereaux emménagent dans un petit appartement rue de l'Abbé-Groult, toujours dans le 15ᵉ. Maman fait de la couture. C'est en août 1912 que Gaston voit le jour. Il est aussitôt accaparé par la mémé Léonie. Il connaîtra même l'arrière grand-mère, la veuve Vadrot, la fille du grognard de l'Empire dont il a sans doute hérité de la Légion d'honneur. Maman n'a pas encore vingt ans. Eugène a arrêté le foot mais il suit maintenant de l'extérieur l'ascension du Red Star et de son copain Lulu. Il peint plus qu'avant, lit plus encore. Maman se souvenait de sa curiosité perpétuelle pour les nouveautés. Il construisait une radio, installait l'électricité, observait les étoiles, l'emmenait aux premiers meetings aériens d'Issy-les-Moulineaux, aux courses automobiles dont il était fou. Elle gardait de ces quelques années d'avant-guerre le souvenir du bonheur absolu. Ce court bonheur qui passa comme une étoile filante avant l'arrivée des malheurs.

En novembre 1913, ma sœur Louise-Léonie, dite Louisette, qui cumule les prénoms de ses deux grands-mères, naissait alors que l'orage commençait de gronder sur la vieille Europe. Ma grand-mère Louise, la mère de papa, je ne l'ai pas connue. Elle est morte au début de l'année 1914, à l'hôpital dans le 13e, qui était l'hospice des parisiens sans le sou. Le dernier printemps, le bel été 1914 et puis la guerre qui arrive. Malgré ses deux mômes sur pattes et le troisième déjà bien visible sous le corsage maternel, le sous-officier Eugène-Georges Perrin se présente dès la déclaration de guerre à son régiment de réserve à Sens, le 89e d'Infanterie, régiment des parisiens. Il part aussitôt au combat avec l'escouade qu'on lui confie. Le casque n'existe pas encore, le rouge garance des pantalons qui se dandinent dans les champs de blé sont autant de cibles privilégiées. Comme tout le monde, il croit que l'affaire va être rapide, qu'on va torcher les Boches en deux ou trois coups de canon et botter le cul du Guillaume et, par dessus le marché, celui de son grand dépendeur d'andouilles de fils, le « con-de-prince ». On libère l'Alsace et la Lorraine et on revient au plus tard pour noël. C'est sûr, c'est même certain. Personne ne doute, tout le monde se goure.

Mais se gourer à ce point là, il vont être quelques millions à la trouver salée l'entourloupe. Ils vont découvrir la riflette et la boue, les tranchées figées dans la mouscaille qu'on perd et qu'on reprend sans arrêt sous des déluges d'obus de tous calibres. Les attaques vaines et pourtant toujours répétées. La mort perpétuelle, la faucheuse qui exerce là un jeu de hasard éprouvant. Le désespoir de n'être utile à rien, d'être un sac de viande vivant ou mort, peu importe aux stratèges défaillants et criminels. La négation de l'art de la guerre.

En mars 1915, toujours au 89e, il est dans la boucherie de Vauquois. Trois jours d'attaques vaines mettent hors d'état mille hommes du régiment, vingt-trois officiers sur les trente-neuf du départ. On réaffecte des hommes et officiers en toute hâte et hop on reprend les attaques vers la butte du village devenue un champ de boue où quelques proéminences marquent les anciennes maisons, l'église, la mairie, on ne sait plus. A la fin du mois, le général est content, il fait décerner la Légion d'honneur au colonel méritant et quelques croix aux survivants. Pour la deuxième fois dans le mois il faut reconstituer les effectifs. Le 23, Eugène se prend un crapouillot à deux mètres de lui. Quatre de ses hommes sont tués. Lui est évacué avec une grave blessure à la tête. Le médecin décrit « une plaie contuse déchiquetée région pariétal occipital supérieure par éclat de bombe ». Un beau scalp quoi.

Depuis fin janvier, un troisième enfant était arrivé, le petit Jean-Lucien. Il mourra le jour de noël de cette même année 1915. Eugène a sans doute été évacué vers l'arrière, au repos, le temps de le retaper avant de retourner au front. Je me souviens avoir lu dans les « mémoires d'un parisien » du copain Galtier-Boissière un passage qui peut résumer ce que ressentait Eugène, *renvoyé à Paris atteint de polynévrite à la suite des fatigues et des angoisses à répétition, dans un état d'ébranlement nerveux inquiétant.*

En 1916, maman est de nouveau enceinte. Ma sœur Claire, que nous avons toujours appelé Jeannette, verra le jour début octobre. Papa, toujours à la riflette, est placé enfin à l'arrière au dépôt des métallurgistes, rue d'Estrée dans le 7e. Il peut du dépôt venir à pieds dormir chez lui. C'est un répit de près d'un an. Le 1er juillet 1917, il est affecté au 1er Zouaves et se retrouve au fameux « Bois-au-Prêtre » en Lorraine. Je ne sais si c'est là ou bien début 1916 qu'il fut gravement intoxiqué par les gaz ennemis. À partir de maintenant et jusqu'à la fin de sa vie, il va souffrir d'une gastro-entérite chronique constante, « avec amaigrissement » signale son carnet militaire. Après un séjour à l'hôpital de Saint-Lô, il est réformé temporaire en novembre 1917. Il rentre chez lui, je nais neuf mois plus tard. Son mal est en fait une tuberculose gastro-intestinale mal diagnostiquée.

Après la guerre, une commission militaire lui reconnaît une invalidité inférieure à dix pour cent, histoire de n'avoir rien à lui devoir. Mais lui, il est définitivement cassé. Entre temps, comme vous le savez déjà, j'ai pointé mon museau dans ce monde de sauvages suffisamment tôt pour entendre, entre deux biberons, les cloches du 11 novembre 1918.

Du conflit, mon dabe ne parlait pas. Il n'en reste qu'une chose, une boîte de bois au couvercle finement sculpté. C'est un soldat allemand prisonnier qui la lui donna, je ne sais ni où ni quand. Il avait gardé le teuton avec humanité et ce dernier avait voulu lui témoigner sa reconnaissance. Comme une boîte c'est utile, le beau-père ne la brûla pas et je pus en hériter.

III
Maman et sa famille

Je n'ai jamais aimé quelqu'un comme ma mère. Je me suis toujours posé la question de la réciprocité de ce sentiment. J'ai eu le désespoir chevillé à l'âme d'avoir, si jeune, été abandonné d'elle, de n'être dans la somme de ses malheurs, qu'un parmi les autres. Je sais bien maintenant qu'elle n'eut aucun pouvoir de décision, ballottée comme nous par les autorités sanitaires. Mais à neuf ans on a des raisonnements plus simples.

J'ai un beau portrait photographique d'elle avec sa sœur. Elles sont debout derrière leurs deux parents assis. En arrière plan des arbustes, en contrebas peut-être une rivière ou bien un étang. C'est une sortie à la campagne. Le cliché si net, si naturel, doit dater des années 1908 ou 1909. Son père, Achille-Hippolyte Ménager, est le seul à regarder l'objectif. Sa physionomie est sympathique, son clair regard semble chaleureux. Je ne l'ai pas connu puisqu'il est mort en 1911. Je trouve que je lui ressemble assez.

Là encore, c'est mon fiston qui connaît l'histoire des Ménager. Mon grand-père était né en 1857. Son grand-père avait une petite briqueterie-tuilerie dans le Loir-et-Cher. Son père était cadet et vint à Paris après la guerre de soixante-dix. Il s'installa comme marchand de vin et épicier rue

Cambronne. Achille, lui, commença dans la boulange et s'établit aussi rue de Cambronne. Mais s'il n'avait pas le sens des affaires, il avait la passion des lettres et, changeant totalement de métier, il lança au même endroit une imprimerie. Il finira sa vie comme simple employé linotypiste à la ville de Paris, en 1911. Ses aventures entrepreneuriales avaient peu marché mais, lui et Léonie avaient élevé leurs trois enfants en leur donnant une bonne éducation, dans un milieu petit bourgeois assez heureux.

Mémé Loénie, l'autre personnage assis sur le cliché, regarde vers sa gauche. Elle a une allure un peu renfrognée. On sent la maîtresse femme. Marquée durement par la vie avec son marmaillon mort tragiquement au nouveau monde. J'y reviendrai vite. Son père qui a mis tant de temps à la reconnaître, après même son mariage à elle, ce qui explique qu'elle conserva le nom de sa mère, celui du grognard que l'Empereur avait décoré pendant la campagne de France. J'ai dit que la généalogie ne m'intéressait pas outre mesure mais j'ai été heureux que mon fils exhume de mon vivant cet ancêtre de la vieille garde. Le gaillard, soldat de l'an II, de ceux qui prirent les armes en quatre-vingt-douze et dont me revient la strophe du grand Totor :

Oh ! que vous étiez grands au milieu des mêlées, Soldats !

L'oeil plein d'éclairs, faces échevelées
Dans le noir tourbillon,
Ils rayonnaient, debout, ardents, dressant la tête;
Et comme les lions aspirent la tempête
Quand souffle l'aquilon,

Et le nôtre continua l'aventure jusqu'à Waterloo avec le bataillon des six-cents de l'île d'Elbe, caporal de la vieille garde à qui l'Empereur remit la croix. J'ai comme lui, étant jeune, traversé la Bochie en long et en large. Lui était conquérant, moi j'étais prisonnier. Tous les deux nous étions à pieds. À la guerre quand t'es pas gagnant t'es paumé. Surtout moi qui n'ai jamais eu le sens de l'orientation.

Revenons au cliché de la belle époque. Debout, les deux filles. J'y viens mais je finis d'abord avec la Léonie. Ses parents vécurent maritalement pour une raison trouble. Peut-être que l'arrière grand-père avait une femme quittée dont il fallut attendre la mort pour légaliser la situation ? On ne sait. C'est après mon trépas que le fiston a trouvé son histoire, ses ascendances prestigieuses qui lui donnent du sang capétien, carolingien et même mérovingien. Pas plus que l'ancêtre, je ne l'ai su. Même si cela me fait une belle jambe, je pense que lui et moi on s'en serait foutu... royalement. Du moins cela m'aurait permis sans remord de mépriser un peu plus ceux qui affichent sur le commun des mortels leur morgue prétentieuse.

Maman et sa sœur regardent vers leur droite. Ma tante Camille avait treize ans de plus que maman. Cela ne se voit pas. Elles font bien jeunes toutes les deux alors que leurs parents font si vieux. Camille est mariée depuis 1901 avec l'oncle Lucien, un graveur sur métaux dont le père est rentier. Lui et ses parents habitaient le même immeuble de la rue Cambronne que sa future. Ils se marièrent en 1901. La brune et tendre Camille. Je les ai bien connu tous les deux et nous allions les voir avec mes parents avenue de Suffren où ils habitaient alors. Ils n'ont pas eu d'enfant et passèrent leur retraite paisible dans l'Yonne jusqu'après la guerre. Je me suis toujours demandé qui avait hérité d'eux. La République sans doute, foutue dévoreuse des patrimoines.

Je pense que c'est l'oncle Lucien qui prend la photo de la famille Ménager. Sans le fils, Gaston, le célèbre Gaston, celui dont on parlait comme du héros malheureux. Il manque sur la photo, et pour cause, il est passé *ad patres* en 1904 au Canada. On garde de lui un beau portrait photographique fait à New-York, chez Scherer, peu de temps auparavant. Quel air superbe, la mèche bien arrangée, la fine moustache, cravate et veste de luxe, le regard fier et conquérant.

Au Canada, il était associé à la maison de fourrures Revillon. C'est d'ailleurs dans cette même maison, à Paris, que travaillait aussi ma tante Jeanne au moment de son mariage. Gaston aurait joué un rôle majeur dans l'expansion du commerce des fourrures dans le grand nord canadien au profit de l'entreprise française au début du vingtième siècle. Il marche alors sur les pieds de la compagnie anglaise de la baie d'Hudson, sa grande rivale, qui jusque là y avait établie son monopole. Et, selon maman, c'est un trappeur à la solde des anglais qui le trucida à coups de couteau. Le marlou, bien plus tard, mourant, avoua son crime à un prêtre français. C'est ce dernier qui devait le révéler aux parents du tonton. Les représentants de la maison Revillon s'empressèrent de faire signer un papier au parents de Gaston, reprenant tous ses biens au Canada, peu d'après eux, en échange du rapatriement du corps et des effets personnels. Ils signèrent bien sûr les pauvres vieux accablés par le malheur. Le cercueil de plomb fut enterré dans le cimetière de Bagneux où nous allions en promenade. Moi, tout moutard, j'ai joué avec un carquois et une coiffe d'indien. D'après maman, Gaston avait au moins un comptoir en propre. Mais qu'y-a-t-il de vrai dans tout ça ?

Dans les mémoires de Victor Révillon, le boss de l'époque, ce dernier donne un rôle méprisable à Gaston. D'après lui, la réussite sociale lui aurait tourné la tête. Il insiste même sur l'extraction modeste. Et toi patate ! Que j'ai envie de lui retourner. Il accuse le tonton d'être responsable de la mort d'un équipage non secouru à temps, là bas, dans le grand Nord, sur la banquise, après un naufrage. Il conclut que le Gastounet en est mort de honte. Un peu gros. Alors, pourquoi faire signer les parents, ramener le corps à grands frais ? Bon, je ne saurai jamais le fin mot de l'histoire mais je garde l'oncle Gaston au minuscule panthéon de mes gloires humaines. Moi, j'ai souvent rêvé au grand nord avec les indiens mes amis. Je devenais leur chef en revêtant la coiffe de plume des affaires de tonton. Et on allait taper sur la gueule des Britons. Un grand nord tout blanc où il ne faisait pas froid. Un rêve de gosse quoi.

Voilà pour l'oncle d'Amérique. Le dernier personnage de la famille maternelle que j'ai connu était la tante Clémentine, la plus jeune sœur du grand-père Ménager et marraine de maman. On allait la voir dans un immeuble que son mari possédait rue de Trévise dans le neuvième. Un curieux couple. Lui s'était enrichi en faisant trois mariages avantageux avec de riches veuves. Il avait d'abord épousé la tante, toute jeune, puis ils avaient divorcé. Ensuite viennent les mariages lucratifs, toujours assez rapides et conclus dans le veuvage. Il ne s'appelait pas Landru mais je n'en pense pas moins. En dernier, vingt ans après leur divorce, ils se remarient. C'est Clémentine qui resta veuve avec les immeubles. Avec ça, aucun enfant dans les différentes unions. Maman eut le tort de se fâcher avec sa marraine qui refusa de l'aider aux moments difficiles. Résultat : une fois de plus, c'est Marianne qui hérita. Dans la famille on a un mépris absolu pour l'argent. Le mépris des choses que l'on ne connaît pas.

Maman me parlait peu de sa jeunesse, elle mère si jeune.

Durant la grande guerre, la seule vraie d'après les poilus qui n'imaginaient pas les horreurs de la suivante, elle se souvenait du bombardement de la grosse Bertha. Elle était avec sa mère, du côté de Montmartre, quand un de ces obus destructeurs tomba à une centaine de mètres d'elles. La terre trembla en même temps qu'un vacarme assourdissant retentissait et que s'élevait un vent de poussière venant d'un immeuble totalement désintégré. Un autre de ses souvenirs, sans doute plus ancien, concernait les essais de tramway électrique faits à Paris. Des plots électrifiés permettaient à la motrice de rouler. Les plots étaient suffisamment écartés pour éviter l'électrocution des passants. Des passants oui, mais pas des chevaux qui trépassaient dans des convulsions effroyables. On abandonna ce système.

Maman, sur la photo, comme sa sœur, regarde sur sa droite, davantage vers le ciel. Elle est si altière, si différente, si indifférente, rayonnante dans une lumière qu'on croirait centrée sur elle. Elle doit avoir seize ans ma belle maman. La vie aussi est belle, tellement prometteuse n'est-ce-pas pour cette nymphe parisienne. Elle conservera sa vie durant l'espièglerie de l'adolescence inachevée.

Quand je suis né, elle n'avait que vingt-cinq ans, mariée depuis huit ans et j'étais le cinquième de la ponte. Elle pouvait encore croire à l'avenir avec le bel Eugène déjà voûté, toussotant, crachotant, mais dont l'œil bleu-gris restait confiant envers et contre tout.

IV
Jusqu'à la mort de papa

Nous revoilà à Arcueil où je grandis avec mes parents et mes deux sœurs. Le dimanche mémé Léonie nous amène Gaston, mon frère aîné, ou bien nous allons les voir avec l'auto de papa. Il me laisse appuyer sur le klaxon enroué qui effraie les passants.

Enfin, ce n'était pas une auto à lui mais à la Poste où il travaillait le jour. La nuit, il repartait gagner sa croûte en faisant le taxi. Là, il fréquentait les princes russes, pauvres diables faméliques qui le concurrençaient. Avec eux, au petit matin, il fêtait le jour levant dans des bouges infâmes mais humains du quartier des Halles où l'on parlait du beau temps d'avant. Papa et ses princes valaient souvent mieux que les fêtards avinés dont ils se disputaient les courses. Souvent, il ramenait du poisson frais acheté en loucedé à l'aube à la gare Saint-Lazare ou à celle de Montparnasse lors de l'arrivée des trains venant de la côte. Enfin, il se débrouillait.

Je me souviens quand il rentrait le soir. Ma sœur Louisette devait lui présenter ses devoirs. Il les corrigeait patiemment en lui expliquant les erreurs. Puis c'était à notre tour de lui raconter notre journée avant le repas. Il nous écoutait avec une infinie patience. Quand il repartait nous dormions déjà.

Le dimanche, quand il faisait beau, nous allions pique-niquer dans les hauts de Cachan, alors la pleine campagne, sur la crête du Panorama où l'on découvrait au loin tout Paris avec cette Tour-Eiffel incongrue qui me fascinait.

Maman maintenait à la maison une perpétuelle ambiance enjouée. C'était une conteuse hors pair, renouvelant en permanence des histoires fabuleuses de fées et de princesses venant à bout des pires adversités. Elle introduisait dans ses contes des bribes mystérieuse qui nous tenaient en haleine. Ainsi, elle nous contait l'énigme de l'Atlantide dont elle avait sans doute trouvée l'inspiration chez Pierre Benoît. Chaque soir, avant de nous endormir, les inépuisables récits reprenaient et imprégnaient nos rêves.

En 1925, il y eut une nouvelle grossesse. Mais les malheurs commencèrent. En août, c'est d'un enfant sans vie dont maman accouchait.

Ces premières années sont cotonneuses. Je les ai enfouies au fond de mon cœur. Sans doute ai-je aussi voulu les oublier. Me les remémorer m'en rappelait trop la douloureuse conclusion. Trop tôt livré à moi même j'ai senti qu'il me fallait résolument aller de l'avant pour ne pas sombrer. Devant l'adversité je suis tout au long de ma vie resté stoïque et optimiste. Les catastrophes ne m'atteignent pas, ce qui ne les empêche pas de s'enchaîner. J'ai développé un à propos d'humour et de rigolade pour les absorber. Sans doute qu'au fond intime de mes pensées subsistait une peine inextinguible de mes malheurs d'enfance. Quelque chose de trop douloureux pour ne pas l'enfouir dans un oubli volontaire, une chape de béton armé difficile à lézarder.

Mon père était de plus en plus souvent malade. Mais vraiment très malade. Je me souviens de lui allongé. Il ne fallait pas faire de bruit. On mettait son mal sur le compte des gazages subits durant la guerre. Je ne comprenais pas bien.

Et cela s'aggrava encore. Une ambulance vint le chercher pour l'emmener à l'hôpital Bonsecours dans le quatorzième. Nous sommes allés le voir. J'ai le souvenir d'une grande salle commune, grise et crapoteuse. Nous sommes en 1926 ou 27. La tuberculose gastro-intestinale chopée dans les tranchées fait son œuvre.

Rapidement, maman tombe aussi malade. Là, les médecins ne se trompent pas. Elle est déclarée tuberculeuse et contagieuse. Elle est envoyée dans un sanatorium et la marmaille est dispersée. Gaston, bien au sec chez mémé Léonie. Louisette part chez les sœurs à Lisieux, Jeannette dans un préventorium à Hendaye. Et moi dont le monde protecteur de l'enfance vient de s'écrouler, j'ai le droit à un autre préventorium, dans les Vosges. L'idée de me laisser au moins avec une de mes sœurs n'est venue à personne alors que rapidement

Louisette allait rejoindre Jeannette à Hendaye. Elles y resteront jusque vers 1930.

Bon, nous nous écrivions et espérions tous revenir rapidement chez nos parents, peu conscients jusque là de la gravité de la situation.

Le préventorium vosgien me déclara non malade. On m'expédia dans un site de transit rue de Gergovie dans le quatorzième. Mes parents ne pouvant me reprendre, on me place alors chez des sœurs rue de Vaugirard où Mémé Léonie et Gaston viennent me voir. j'ai tellement hurlé à leur départ qu'on leur demandera de ne pas revenir. Ils ne se sont pas faits prier.

Qu'avais-je fait pour me retrouver au patronage Rollet ? Cet établissement, de son vrai nom « Patronage de l'enfance et de l'adolescence », avait été créé à la fin du dix-neuvième siècle pour éduquer et placer les enfants de 8 à 18 ans « dévoyés, vagabonds ou jeunes coupables ». Voilà pour mézigue, reconnu dès le départ comme délinquant à la charge d'une société irréprochable, à laquelle il serait incongru d'imputer l'agonie du père tuberculeux des suites de la guerre ou bien la contamination de sa femme et de ses enfants. Merveilleuse République !

J'avais huit ou neuf ans. À Rollet, la soupe était servie de derrière une porte grillagée. Les enfants étaient livrés à eux-mêmes, soumis aux règles de caïds autoproclamés dont les titres étaient davantage en harmonie avec le tour de biceps que le quotient intellectuel. J'ai vite appris à respecter ces types là. Tout aussi vite j'ai appris a dissimuler ce que je pensais d'eux. Ce sens de la survie me fut ensuite très utile.

Heureusement, l'Administration, dans sa bonté légendaire, décida de me sortir de ce demi bagne pour me placer dans une ferme. À dix ans, c'est évident, l'école ne sert à rien alors que deux bras çà peut fournir un travail intéressant à la campagne. C'est ainsi que je me retrouvais en pleine nature béarnaise, non loin d'Orthez. J'étais assez content de sortir du patronage et de découvrir la province. Le fermier, un brave homme, était venu me chercher à Paris. Dieu que le voyage me sembla long. J'étais fasciné par le paysage toujours changeant. Je me demandais si nous n'avions pas quitté la France. Je m'endormis. Au réveil, nous étions à Orthez. De là, nous poursuivîmes en patache. Au loin de hautes montagnes enneigées. C'était magnifique. On m'avait dit que mes parents viendraient me chercher quand ils seraient guéris. Je n'avais donc aucune inquiétude. Tout le monde me mentait.

Mes hôtes étaient un frère et une sœur, Louis et Louise, qui avaient hérité d'une grande ferme. Ils étaient encore jeunes mais ne s'étaient pas mariés. La maison était vaste et ancienne, pleine de meubles paysans cossus et astiqués.

On me donna une petite chambre dans laquelle étaient pendus les lièvres ramenés de la chasse et là, on m'enseigna la vie de paysan béarnais. Inutile de parler de grasse matinée. Lever aux aurores et, avant même toute ablution, il fallait nourrir les animaux de la basse-cour. Ensuite, petite collation et départ pour les pâturages où l'on emmenait le bétail après la traite. Louis et Louise bossaient comme des damnés et s'appliquèrent à m'enseigner cet esclavage des champs. Ils y mirent beaucoup de bonne volonté. Au début cela m'intéressa. Je découvrais un monde inconnu. Au bout de quelque mois, la répétition sans fin de tâches ingrates commençait de me peser. L'administration avait insisté pour qu'on m'inscrive à l'école du village. J'y fus de façon très épisodique. Quand il faisait beau, les travaux de la ferme primaient. Dès l'automne et plus encore l'hiver, les chemins étaient impraticables pour que je puisse m'y rendre. Soyons juste, Louis et Louise faisaient avec moi comme on avait fait avec eux. C'étaient des gens simples, honnêtes et droits. Les enfants autochtones étaient à pareille enseigne. Je n'avais à leurs yeux aucune raison de me plaindre du régime. Mais que connaissaient-ils d'un petit parisien élevé par un père un peu artiste et une mère passablement rêveuse ?

En février 1929, la neige avait tout envahie. Dehors le froid était vif. Dans la grande étable, humide et tiède, il fallait en permanence récurer les bêtes et les sols, changer la paille, apporter le foin. De même pour la gente volatile dont j'appris le gavage. On se fait à tout.

Une nuit, je m'en souviens comme d'hier, dans un songe, je vis nettement papa qui m'appelait et me regardait avec son regard clair un peu triste. Je m'éveillais en pleurs. Deux ou trois jours plus tard, une lettre apportait la nouvelle de sa mort. Je restais prostré de longs jours, refusant de me nourrir. J'étais anéanti. Les fermiers respectèrent mon chagrin et, durant une semaine, ne me demandèrent rien. Louis me parla de la mort de son père à lui, homme qu'il admirait mais avec lequel il n'avait pas échangé trois mots sa vie durant. Louise aussi fut prévenante.

Bien plus tard, maman me parla de la mort de papa. Ce jour là, il s'était levé, lavé et rasé comme habituellement. A onze heures il eut un malaise, à onze heures trente il était mort. Il avait quarante-six ans, rongé jusqu'à la moelle par le fléau des tranchées. L'administration demanda à maman un drap et s'occupa de l'enterrement qui eut lieu au cimetière parisien de Bagneux, dans le carré des indigents. Je ne sais si son copain Lulu est venu le voir. Vingt ans plus tôt, ils couraient ensemble vers la gloire. L'un y est, l'autre est dans le trou.

J'avais dix ans et demi et j'enfermais en moi ce chagrin. Surtout je pensais à ma mère. Si papa était mort alors elle aussi pouvait mourir, loin de moi, sans que je puisse la revoir. Je dormais mal, craignant de la voir à son tour me dire adieu. Cette pensée m'obsédait.

Mes premiers sentiments à la mort de papa furent ceux de l'abandon. Puis, progressivement, quand je fus sorti de la gangue de l'enfance, ce furent ceux de la colère et de la révolte. Car enfin, qu'était devenu ce jeune homme brillant à cause de la guerre. Une balle nous eut reconnu pupilles de la nation. La maladie entraîna une longue déchéance et la reconnaissance de personne. Et le pauvre lutta pourtant, jusqu'au bout pour nous assurer une existence néanmoins heureuse.

Maman me raconta également qu'au début de son hospitalisation, il avait encore bon espoir de s'en sortir, du moins c'est ce qu'il lui disait. Il fut même envoyé en convalescence dans un établissement provincial où elle lui rendit visite. Là, tout le monde parlait de lui, de sa prévenance pour autrui, de son dévouement pour tous. Il y avait un ruisseau vif où il construisit une petite centrale électrique qui assurait, de nuit, l'éclairage des couloirs. Lui qui ne dormait plus, cela lui permettait aussi de lire. Elle se souvenait de son livre de chevet. Il l'avait encore peu avant sa mort, à Bonsecours, où on l'avait rapatrié. *Le spleen de Paris.*

Il lui passait doucement la main dans les cheveux en lui récitant :

Si tu pouvais savoir tout ce que je vois ! tout ce que je sens ! tout ce que j'entends dans tes cheveux ! Mon âme voyage sur le parfum comme l'âme des autres hommes sur la musique.

Je n'ai jamais bien su écrire, j'en ai eu honte parfois de cette écriture malhabile de débutant due à une longue et involontaire école buissonnière. Mais je ne suis pas un illettré. À défaut d'écrire, j'ai passé ma vie à lire avec un appétit d'ogre, sans guide, sans direction, sans préférence même. Le souvenir de mon père absorbé dans un livre m'en a inoculé à jamais le goût.

V
Les voyages forment la jeunesse

Je commençais de bien tourner en rond dans ma ferme béarnaise. Je réclamais à cor et à cri de retourner chez ma mère. Je le lui écrivais. Maman, sans doute dans une détresse noire, me demandait de rester à la campagne, que cela me donnerait une bonne santé, qu'on verrait plus tard. Alors je rongeais mon frein et subissais plus qu'appréciais ce Béarn paysan.

J'ai déjà dit combien Louis et Louise étaient de braves gens. Quand je suis retourné les voir, quarante ans plus tard, avec ma femme et mon fiston, juste après la mort de maman, j'ai tout retrouvé comme au début des années trente, même eux, un peu plus fripés, engoncés dans des temps anciens, vivant simplement l'empilement des saisons. Il faisait beau ce jour là. La vaste demeure, avec son revêtement d'ocre clair, semblait sourire dans le paysage de carte postale. Moi seul en connaissait les dures respirations.

Ils nous accueillirent gentiment. Cela me fit tout de même un pincement au cœur et à l'âme quand ils me dirent la peine que leur avait occasionné mon départ. Ils m'avouèrent alors m'avoir recueilli non temporairement comme tout le monde voulait me le faire croire mais définitivement comme leur avait promis la bonne administration en charge des enfants dans la panade. Progressivement, ils avaient compris que ce rejeton tombé du ciel ne prendrait pas le pli du pays. Ils s'étaient faits à l'idée qu'un jour ou l'autre cela arriverait. Pourtant, « tout aurait été à toi après nous » déclarèrent-ils. Mais voilà, la liberté d'un poulbot n'a pas de prix.

Sur la route, non loin de la ferme, j'ai retrouvé la petite chapelle où chaque dimanche nous allions. Les nuits de noël, entourée par la neige, elle était illuminée par les cierges des paysans qui s'y rendaient en provenance des différents hameaux. C'était beau, c'était simple et les chœurs béarnais résonnaient sous les basses voûtes. J'y retrouvais, devant l'entrée, l'arbre majestueux qui semblait la protéger avec, au pied, le banc sans âge où, la messe du dimanche terminée, un vieux coiffeur rafraîchissait à la chaîne les nuques des mâles de tous âges.

Je suis resté là jusqu'en 1931. Une fois encore, j'avais écrit à maman que je n'en pouvais plus. Elle m'a alors fait revenir à Paris mais, à mon grand désespoir, pas avec elle.

Elle se débrouilla pour me faire entrer aux « orphelins d'Auteuil ». Elle songeait surtout à mon avenir. Là, je rattraperais une scolarité défaillante, on m'y apprendrait un métier et, comme beaucoup d'autres chanceux, j'aurais alors une situation à la sortie. Moi, c'est de l'affection de ma mère dont j'avais besoin.

D'accord, à treize ans je ne savais qu'à peine écrire, et alors ?

Elle avait tout organisé, rencontré le père Brottier, ancien missionnaire spiritain, aumônier d'Infanterie en 14-18, créateur de l'Union nationale des combattants. Peut-être avait-il rencontré papa durant la guerre ? Je n'en sais rien. En tout cas, il ne pouvait être insensible aux malheurs d'une famille dont la guerre avait nourri la détresse. En 1931, c'était déjà un vieil homme, marqué par la maladie, à la tête des *Orphelins Apprentis d'Auteuil* depuis 1923. Il obtient la reconnaissance « d'utilité publique » pour l'œuvre en 1929. En 1984, bien incrédule croyant que je sois, j'ai eu une pensée pour lui quand le pape l'a béatifié. Je me suis souvenu de sa grande barbe blanche. Mais son regard légendaire de bonté ne s'est pas vraiment posé sur moi, miette obscure dans sa carrière d'apôtre.

Le régime d'Auteuil était très dur. La première chose que le père Brottier fit pour moi, c'est de me faire faire ma communion solennelle. Il venait de sauver mon âme, ouf ! Pour le reste, je crois que ses bontés s'arrêtèrent là. Je dois préciser que sans être totalement incroyant, je suis rebelle au dogme et à toutes ses bigoteries. Pour être bien à Auteuil il fallait surtout être dans les robes des curtons, pas toujours mauvais bougres d'ailleurs, mais ce n'était pas mon truc. J'ai toujours eu une grande suspicion pour leurs paroles mielleuses, leur air de « tout va bien, le bon dieu veille sur nous ». Que dalle ! Le bon dieu avait trahi mon dabe et nous avait oublié par dessus le marché. Pour l'heure, j'avais décidé de lui rendre la pareille et j'étais peu déterminé à communier avec ses zélateurs.

Au moins, maman pouvait venir me voir. Je lui dis une fois encore toute ma détresse. Je me sentais là comme en prison. Je n'arrivais pas à me faire à cette discipline de fer et les punitions répétées avaient comme effet de me braquer davantage.

De nouveau maman demanda qu'on fit quelque chose pour moi. Je n'arrivais pas à faire comprendre mon seul souhait : retourner à Arcueil avec elle. Ce n'est pas faute de l'avoir répété, de l'avoir crié sur tous les toits. D'ailleurs, la nuit, avec deux ou trois potes aussi rétifs que moi à la contrition des pêcheurs, nous y montions sur les toits de l'orphelinat. En silence, chacun s'asseyait sous le ciel étoilé et regardait une direction, celle du passé, du bonheur à jamais perdu. Moi je regardais vers la banlieue sud. J'imaginais qu'une de ces lointaines lumières brillait pour m'attendre, un falot destiné à bibi, là-bas, dans la cité des jardins.

L'institution se méprit sur ma faible appétence à son enseignement. On déduisit de tout ça que j'étais à peu près incapable. On me fit quitter Auteuil pour un orphelinat annexe situé à

Meudon Val Fleury, vaste propriété transformée en école d'horticulture. J'étais sensé suivre là une scolarité d'horticulteur en trois années : la première « potager », la seconde « arbres fruitiers » et la dernière « arbres d'ornement ».

Le directeur de l'école était le commandant Maraval, un ancien des Bat' d'Af ramené par le père Brottier. Les rythmes des études étaient ceux d'une caserne. Levers aux aurores, douches froides en toutes saisons, rassemblements au lever des couleurs, peines corporelles, mitard et autres douceurs sensées amadouer notre belle jeunesse française. Après les curés, les bidasses, de quoi douter un peu plus des bienfaits de la mère patrie.

Le commandant Maraval détecta rapidement chez mézigue le rebelle à un tel environnement. Devant l'imperméabilité de son régime sur moi, il me menaçait régulièrement de m'envoyer en Côte d'Ivoire. Là, m'assurait-il, on me dresserait ou, à défaut, on me jetterait aux crocodiles. Après l'éléphant de mémé Léonie, mes possibles relations avec la gente animale exotique ne s'amélioraient pas.

À l'issue de l'année « potager », l'orphelinat renonça à m'enseigner la suite du programme et me plaça dans une ferme vers Châtillon-sur-Seine en Bourgogne. J'avais quatorze ans mais j'en faisais plutôt douze. J'avais maintenant compris que maman ne me récupérait pas. Elle avait retrouvé un jules, un Lorrain, qui allait devenir son second mari. Mes sœurs étaient revenues d'Hendaye et ça n'avait pas collé avec le beau-dabe, un peu raide du collier et de la nuque comme souvent les gars de son coin. Elles s'étaient réfugiées chez mémé Léonie, y rejoignant Gaston. Il n'y avait plus de place pour moi.

Moi, j'étais abonné aux galères. Ne me plaignez pas, cela vous forge un caractère. Le tout est de survoler l'affaire avec philosophie. À la réflexion, je n'en manquais vraiment pas.

Arrivé à la gare de Châtillon, je décidais de prendre ma vie en main. L'orphelinat m'avait lâché dans la nature avec un billet de train et quelques kopecs pour me payer à bouffer une fois. J'ai traîné un peu en ville, bien décidé à ne pas rejoindre la ferme. Commis de ferme, très peu pour moi. Ce genre de boulot, il faut être né dedans ou avoir la vocation. L'expérience béarnaise m'avait suffit.

Après quelque temps, la faim l'emporta sur ma soif de liberté. Je me suis adressé à un couvent de bonnes sœurs pour demander l'asile. Où avais-je lu que l'Église accordait l'asile à tous les paumés ? Ce devait être le fruit des conversations de dortoirs, je ne sais plus. On me donna certes à manger, ce qui était ma première préoccupation. Comme elles ne pouvaient pas me garder, elle appelèrent un curé de leur connaissance, l'abbé Petit, qui tenait un patronage et recueillait des jeunes en vadrouille

comme moi. L'abbé vint me chercher pour m'emmener dans son refuge, à Celles-sur-Ource, dans l'Aube, à côté de Bar-sur-Seine.
Là, je déchantais. La plupart des jeunes rapatriés ici étaient des délinquants purs et durs. L'abbé utilisait tout ce petit monde pour fabriquer des yaourts, jugeant que cette saine voie de la rédemption n'excluait pas les petits bénéfices pour lui. Je retrouvais les rythmes paysans déjà entrevus. A cinq heure du matin, il fallait aller chercher le lait dans les fermes des environs avec de petites charrettes à bras dans lesquelles de lourdes jarres se remplissaient.
Je jugeais la situation peu conforme avec mes aspirations et, la mort dans l'âme, j'écrivis à maman et au commandant Maraval pour demander de l'aide. C'est ce dernier qui m'envoya un mandat, de quoi me payer le billet de retour vers Meudon. Je pris l'autocar jusqu'à Troyes puis, de là, le train pour Paris.
Maman ne pouvait rien pour moi. L'institution, têtue, après m'avoir bien lavée la tête, me trouva un emploi de commis de ferme du côté de Barbezieux en Charente. Le fermier est venu me chercher à la gare, en carriole. Après la soupe du soir, je demandais où était ma chambre. On me désigna celle du fils de la maison, un gros gars adipeux de qui je devais partager le lit. Je n'ai pas tardé à comprendre le penchant du gros dont je repoussais vivement les mains baladeuses. Dès qu'il roupilla, je m'habillais sans

bruit, pris mon baluchon et la route par dessus le marché, en pleine nuit.

J'avais pris la grande route après Barbezieux, celle qui marquait la direction d'Angoulême et Paris. Au petit jour, un camion me monta et me déposa juste avant la capitale régionale. Il me restait un peu d'argent avec lequel j'achetais du pain, mais pas assez pour me payer un billet de train comme je pus m'en rendre compte à la gare. Bon, je choisis un bon bicycle devant le bâtiment et hop ! Ni vu ni connu, direction Paris. Quand on est jeune, on ne doute de rien. Quatre-cent-cinquante kilomètres à vélo, qu'est-ce que c'est ?

Je n'en fis pas cinquante. Arrivé en vue de Ruffec, je mis pied à terre pour satisfaire un besoin naturel. Je n'avais pas remarqué les gendarmes à proximité qui, eux, ne le trouvèrent pas naturel du tout mon manège. Quand j'y songe, si j'avais continué ma route sans m'arrêter, le reste de ma jeunesse eut peut-être été différent.

Remontant sur ma monture, je fus alpagué par un gabelou qui me demanda mes papiers. En vérifiant la plaque du vélo, il vit bien le manque de concordance. Un gendarme ce n'est pas toujours très futé, mais le manque de concordance c'est un truc infaillible, même pour un blaireau. Pour l'heure, on me plaça dans une cellule de la gendarmerie de Ruffec, le temps de vérifier le crac de circonstance raconté pour expliquer le prêt du vélocipède.

Bien vite on me ramena à Angoulême. Le propriétaire légitime du vélo avait porté plainte. On me mis en prison sur place, où je fis trois mois de préventive. Ma jeunesse s'arrêtait là. J'étais devenu le délinquant que la société s'évertuait à voir en moi depuis tant d'années. Je ne veux pas faire le fanfaron, je n'étais pas du tout fier de ce statut. J'avais même honte pour ma famille et la mémoire de mon père. Mais voilà, c'était fait. Inutile de revenir là dessus. Un jour, bien des années plus tard, on vola le vélo de mon fils dans le garage où je l'avais entreposé. Cela nous fit bien de la peine, mais je ne portais pas plainte.

Dans sa bonté légendaire de l'époque, le tribunal pour enfants m'envoya dans une maison de correction, près de Grenoble, gentiment nommé « maison d'éducation du Chevalon » par un doux euphémisme. Il y avait là un ramassis de vrais criminels dont la seule vertu partagée avec moi était la jeunesse. Mais, comme disait déjà le père Corneille : *aux âmes bien nées, la valeur n'attend point le nombre des années*.

C'est là qu'on me fit sentir le statut particulier du parisien, envié par toute la pègre nationale et craint par toutes les bonnes gens de province. Quand je dis « envié », je devrais plutôt parler de jalousie maladive. Je risquais gros. Heureusement, le caïd du lot était de Vaugirard.

Son vieux était mort au « chemin des dames » et lui aussi avait fréquenté Auteuil. Il nous parlait de Paname comme Moïse, dans la bible, dégoise sur la terre promise. Tous se taisaient, les yeux brillants. Sous son aile protectrice, j'échappais au pire. Fort heureusement, on me transféra rapidement dans une ferme de l'Isère, près de Pontcharra, où j'ai du rester à peu près un an.

Ma formation « potager » étant mon seul bagage, je me retrouvais placé commis de ferme à deux francs cinquante par mois, l'habillage en sus. L'hiver, quand le travail extérieur était interrompu pour cause de neige excessive, il fallait, dix heures par jour, casser proprement des noix, sans briser les cerneaux qui étaient livrés à une industrie du Dauphiné. Casser les noix sans briser les cerneaux. Cela vous fait rire ? Essayez donc au lieu de vous tordre. Un art je vous dis. Un art séculaire même d'après le vieux de la ferme qui ne tolérait pas les miettes informes...

J'étais toujours en situation probatoire vis-à-vis de la justice, ce qui explique ma relative passivité durant cette longue période. Je me tenais peinard et j'ai eu bien raison. En fin de compte, un jugement du tribunal de Grenoble m'acquitta pour l'affaire du vélo, jugeant que j'avais agi sans discernement. Comme c'est bien dit. C'est même tout à fait ça !

Là, j'aurai pu vous faire mon numéro sur le discernement. Celui de nos dirigeants déclarant la guerre à l'Allemagne en 1914, faisant un million cinq cent milles morts directs, le double d'indirects, dont mon dabe, sans compter le million d'éclopés, de gueules cassées. N'étais-je pas la victime de ce discernement là ? Bon, j'arrête. Mais, de cet instant, rien, enfin pas grand-chose, ne m'a semblé important ou sérieux dans la vie.

Pour l'heure, je fus « libéré » de ma ferme et je suis rentré à Arcueil, bien las de mes voyages de jeunesse.

VI
Le retour aux sources

Blanchi par la justice, auréolé de mes aventures, grandi par les épreuves, je pensais naïvement, du haut de mes quinze ans, que le retour du fils prodigue serait celui du héros familial. Ce ne fut pas vraiment le cas.

J'arrivais mal. La mémé Léonie commençait de débloquer et il fallut la placer à l'hospice d'Ivry, le mouroir parisien de l'époque. Du coup, mes sœurs rappliquèrent aussi et Gaston rentra inopportunément de son service militaire. Cela faisait beaucoup pour le parâtre qui décida de régenter tout ce petit monde.

Les deux aînés, Gaston et Louisette, avaient suivi des études à peu près complètes. Louisette entra comme aide comptable dans un proche cabinet et profita de l'attirance d'un patron pour l'épouser et fuir la maison. Elle n'habitait pas très loin, à Cachan. J'allais souvent la voir et je l'adorais. Elle était fine, très belle, enjouée et, ce qui ne gâchait rien, vive et intelligente.

Gaston, s'était autre chose. Il était plus indolent. En rentrant du service militaire, il prit un emploi dans la maison Moisan, entreprise d'électricité basée à proximité. Comme il ramenait sa paie, le vieux le considérait un peu. Ensuite, il travailla chez Citroën, à faire de la peinture. Enfin, il entra à la SNCF. C'était plus en adéquation avec sa formation. Il y fit toute sa carrière, sans étincelle, doucement, en conformité avec son caractère. J'ai déjà dit que nous ne nous entendions pas plus que ça. Je ne reconnaissais pas trop son aînesse et lui me pensait un sale gosse et me traitait comme tel. Avec le recul, je lui donne plutôt raison. Lui aussi aimait beaucoup maman et l'aida du mieux qu'il put sa vie durant.

Mon autre sœur, Jeannette, ne supportait pas l'ambiance non plus. Elle avait rencontré son futur mari, René, un beau gars qui était pour l'heure marin engagé et basé à Bizerte. Rapidement, elle partie se réfugier chez la mère de son fiancé. Malgré qu'elle soit mineure, le beau-père ne fit rien contre, cela faisait une bouche de moins à nourrir. Je reviendrai sur René, un gars débrouillard comme pas deux. Parti de rien, mais vraiment de rien du tout, il devint fortuné avec un acharnement à réussir hors du commun qui lui prit tout de même une vingtaine d'années. Avec ça une force de la nature, un as du coup de boule, domaine dans lequel il ne se ménagea pas pour établir sa réputation de dur. Il m'eut toujours à la bonne et je le lui rendis bien, parfois à mon détriment d'ailleurs comme j'aurai l'occasion de vous le dire plus tard.

Voilà dans quelle belle panade familiale je débarquais. Maman décida que je devais reprendre l'école. Le retard était bien trop grand avec les gars de mon âge et l'expérience ne dura pas très longtemps. La seule matière où j'excellais était celle du sport et, par atavisme conscient, surtout celle du foot. Avec le maillot de papa et une pratique du dribble honorable, j'y gagnais quelque considération chez les copains. Bientôt, je passais des journées entières sur le stade d'Arcueil avec les zonards de mon acabit et l'école me renvoya de ses bancs. Comme je les avais déserté, ce n'était que justice.

Maman était d'une grande indulgence pour moi. Nous tous lui en voulions sans le lui dire de s'être remariée. Qu'aurait-elle pu faire d'autre quand j'y songe ? D'ailleurs, le beau-père l'adorait, faisait tout pour elle.

Maman restait une belle femme, jeune encore. Peu de temps après la mort de papa, peut-être même avant, un fada s'était amouraché d'elle et l'importunait en permanence. Devant son refus, un jour, un soir plutôt, il l'attendit sur son parcours et tira sur elle. La blessure fut sérieuse et on ne pu enlever la balle. Elle l'a conserva en elle sa vie durant avec, sans doute, une peur de proie potentielle. Est-ce que cette affaire la décida au parti du moindre mal avec mon beau-père Lorrain ? Je n'en sais rien. Elle avait trente-six ans quand elle convola de nouveau.

Philogène, ça ne s'invente pas, avait sept ans de plus que maman. Il était né dans la Meuse. Je ne sais pas grand-chose d'un mariage qu'il avait eu avant la guerre de quatorze et d'un fils dont il gardait la photographie en tenue militaire. Je n'ai jamais entendu parler de ce dernier. Il faut dire que le beau-dabe était plutôt du genre silencieux. Ce que je sais vient de maman. Sa première épouse était décédée au début des années trente. Elle était d'une famille parisienne de mouleurs en bronze assez connue. Finalement, même si je ne veux pas l'admettre, le Coubertin que je croyais à papa vient peut-être de là. Il me semble bien pourtant l'avoir vu dans ma petite enfance, mais qu'y-a-t-il de moins fiable que la mémoire d'un moutard ?

Lui aussi avait fait la guerre de quatorze. Il était muet comme une carpe là-dessus. Il avait néanmoins encadré sa photo en poilu du 149e, bouffarde en main. Elle faisait pendant avec celle du fils inconnu.

Il m'avait plutôt à la bonne. Moi, j'aurais aimé qu'il me foute davantage la paix et que je puisse continuer à m'éclater sur les stades. A l'évidence, ma carrière n'était pas dans cette voie pour lui. D'ailleurs, ce n'était pas de carrière dont il s'agissait, mais de gagner sa croûte car les temps étaient durs.

Lui bossait alors dans la maison Schott qui fabriquait du « bacula ». Il était posté à la scie circulaire dix heures par jour, un vrai boulot de forçat. Une fois terminé, le bacula se présentait sous la forme de rouleaux de lattes de bois reliées par des fils de fer. Ce produit un peu oublié servait à boucher les entre-poutres des plafonds pour y fixer ensuite le plâtre. C'est dans cet univers bruyant et poussiéreux qu'il me fit entrer comme manœuvre.

Au bout de quelques mois, j'en avais soupé du bacula mais, curieusement, le travail du bois m'attirait plus que le reste. Il y avait à Arcueil une grande menuiserie, avenue du docteur Durand. Je m'y présentais un matin et, contre toute attente, on me pris comme aide compagnon. Cela dura peut-être six mois avant que le patron me dise gentiment d'aller voir ailleurs. Je dis « gentiment » car c'est la réalité. La trésorerie de la boîte n'allait pas fort et les derniers rentrés durent faire leur baluchon. En arrière plan les mouvements de 1936 se profilaient.

Étendant mon champ de recherche, je suis alors entré chez le constructeur d'avions Hanriot. Je travaillais sur la construction du Bloch 200 commandé par l'aviation française et dont la sous-traitance de fabrication s'étendait aux maisons Hanriot et Potez.

Je me retrouvais chaudronnier. Je rivetais les réservoirs et les tourelles de mitrailleuses. En 1936, toutes les maisons d'aviation furent nationalisées par le Front Populaire. Nous fûmes immédiatement mieux payés, gratifiés de congés payés avec un temps de travail raccourci. Je ne veux pas cracher dans la soupe, j'en sais trop le prix, mais le résultat de tout ça fut que dans le courant de l'année 1937, la moitié du personnel fut viré, dont mézigue. Résultat annexe mais non des moindres, l'équipement militaire français en

1939 était insuffisant. On a dit que nous avions assez de zings pour battre les teutons. Bernique ! on en avait certes, mais notoirement dépassés et sous-motorisés pour la plupart. Notez bien, ce n'était pas un souci avec le généralissime Gamelin pour qui les tanks et les avions ce n'étaient pas des trucs sérieux pour bien faire la guerre. Bon ! Nous n'en sommes pas encore là. Pour l'heure je suis chômeur.

Durant un an je n'ai fait que des petits boulots au noir. Plus aucune boîte n'embauchait. On a présenté dans les manuels la période comme idyllique pour l'ouvrier français. Je vous jure que je n'étais pas le seul à être exclu de cette félicité universelle. Tous les copains de mon âge en était à peu près au même point. Nos entraînements de foot furent la seule pratique régulière de ces longs mois d'avant guerre. Mais ils n'étaient pas payés. Pour le reste, l'âge et son insouciance aidant, je garde de l'époque plein de bons souvenirs. Les filles bien sûr, les bals dans les guinguettes et, surtout, les voitures qui m'attiraient de plus en plus. Le reste m'importait peu.

A la maison, c'était devenu plus calme et je restais le dernier. Gaston s'était marié en août 1936 et Jeannette l'année suivante.

Tout à une fin. L'enfance, l'adolescence, la prime vie d'adulte. Ce sont de longues périodes dans les souvenirs. Le temps y semble aller lentement. Comme j'aime à le dire, la jeunesse est une maladie dont on guéri un peu plus rapidement chaque jour. Pour ma part, j'ai longtemps été convalescent.

Mais il était temps de devenir adulte. A cette époque, pour un mâle, il y avait le rite du passage, le service militaire, le temps que chaque homme donne à la nation. En septembre 1938, la République et ses sbires m'appelaient à venir franchir cette étape à Épinal, dans les Vosges. Le 33e régiment d'Artillerie Nord-Africain m'ouvrait ses bras. Après, je ne devrai plus rien à personne.

Abonné à la scoumoune, je ne me doutais pourtant pas que je venais d'en prendre pour sept ans.

VII
Gloire et misère du troufion de quarante

Allez savoir pourquoi on me colla dans ce régiment en provenance d'Algérie, plus précisément de Bougie. Les copains de la classe se posaient la même question. Les mystères de l'Armée sont aussi insondables que ceux du grand Manitou. Quand on m'avait demandé quel était mon métier, j'avais répondu « menuisier », sans hésitation, montrant là, au final, qu'après toutes mes expériences de briseur de noix, d'apprenti horticulteur ou bien de chaudronnier, le bois me semblait alors la seule activité digne de m'occuper sérieusement. Je ne devais pourtant plus guère l'exercer.

Du jour au lendemain, je me retrouvais portant la chéchia avec l'insigne de l'aigle et du croissant. Mon frère Gaston avait aussi fait son service dans l'Artillerie, mais dans la lourde. Il y attrapa d'ailleurs un début de surdité qui l'empoisonna le reste de sa vie. Pour ma part, il s'agissait d'Artillerie hippomobile légère, principalement constituée de canons de 75. Tout cela me paraissait bien vieillot mais bon, je n'étais pas stratège non plus. Et puis, j'aimais bien les chevaux.

Mémé Léonie mourut discrètement le 31 janvier 1939. Mon frère Gaston avait eu une fille quelques jours plus tôt. Maman m'écrivit les deux événements après coup. Je faisais toujours mes classes.

Aussi bizarre que cela puisse paraître, je fus assez exemplaire quelques temps, m'accommodant pas trop mal de la vie militaire, pourtant rustique, mais j'en avais vu d'autres. Je terminais les classes avec le grade de Maître-artificier. Huit jours plus tard, on n'en parlait plus. C'est à ce moment que j'appris avec consternation et une peine infinie la mort de ma sœur Louisette. Elle était morte durant une opération de la vésicule biliaire. Elle avait vingt-sept ans. On m'accorda une permission pour que je puisse me rendre à l'enterrement. Comme je rentrais à la caserne avec quelques jours de retard, on me considéra comme déserteur. Je fus cassé avec, immédiatement, une flopée de jours d'arrêt de rigueur. Mon ascension militaire était définitivement brisée. A mon habitude, j'avalais cette déconvenue sans trop me biler. Par contre, le décès de Louisette m'avait vraiment fait beaucoup de peine. Nous étions très proches, très complices. J'enfermais ce nouveau malheur avec le reste, avec ceux de l'enfance et je scellais dessus la chape de tout mon passé, décidé à simplement vivre le présent, sans contrainte, sans souci de construire, faisant mienne sans la connaître la maxime d'Horace, *carpe diem*. J'aurais simplement voulu qu'on me fiche un peu la paix, qu'on me lâche les basques. Mais la paix à ce moment là, je devais être à peu près le seul à la désirer.

Nous étions en août 1939. Les bruits de bottes se faisaient entendre un peu partout en Europe depuis quelques temps. Ma batterie fut placée en avant de la ligne Maginot, face à Sarrebruck. Le 33e RANA était rattaché à la 4e DINA, division des Nord-africains placée aux avants postes. C'est là que nous étions quand la France et l'Angleterre déclarèrent la guerre à l'Allemagne le 3 septembre pour riposter contre l'entrée des troupes d'Adolphe en Pologne.

Vers 17h, ce jour là, nous fûmes les premiers à tirer des obus sur l'Allemagne. Sur le coup, j'ai eu l'impression que c'était moi le belligérant. Je me suis dit bêtement qu'ils allaient nous en vouloir personnellement à moi et à mes potes de la batterie. Notez bien qu'au bout de dix minutes l'ordre arriva d'interrompre les tirs. Ce n'est pas que sur l'autre rive des drapeaux blancs se soient levés en pagaille. Simplement, nos stocks d'obus étaient trop bas.

Les jours suivants nos troupes avancent vers Sarrebruck. C'est une pagaille indescriptible. Ordres et contres-ordres se succèdent. On attend les munitions. Quand elles arrivent cela ne correspond pas à notre armement. Enfin, on fait beaucoup de bruit sans beaucoup avancer. Les Allemands sont sur la défensive et ripostent faiblement. Leurs troupes d'élite sont occupées en Pologne. Quand on est enfin en mesure de s'élancer, c'est trop tard, la Pologne s'effondre. Faut dire que l'URSS vient aussi de l'envahir à l'Est. Personne ne déclare la guerre à la Russie. Moi, dans mon petit coin, avec ma petite tête, je me dis tout de même que les polacks se sont bien fait mettre.

Les troupes du Reich, libérées à l'Est, reviennent en masse vers l'Ouest. Gamelin, qui porte bien son surnom de « général la gamelle », recule. Enfin, il ne dit pas cela, il dit qu'il organise notre front.

Mon régiment est envoyé à Trélon, face à la frontière Belge. Gamelin compte sur la ligne Maginot à l'Est, puis sur les Ardennes réputées infranchissables depuis Jules César. Les Boches vont donc attaquer par la Belgique et c'est là que le génie place ses troufions.

On nous fait creuser des tranchées avec les petites pelles pioches militaires. Les gars de la campagne qui sont avec nous veulent se faire envoyer leurs bêches et pioches persos par les familles. Le colon, vite au courant, interdit de telles excentricités. Les sous-offs qui viennent du bled reconnaissent que l'argile glaiseuse de la Thiérache n'a pas grand-chose à voir avec le sable du désert mais un ordre est un ordre. Dès qu'il pleut, ce qui est fréquent sous ces latitudes en hiver, tout s'effondre. Quelques officiers pensent à juste raison qu'il faudrait étayer les tranchées avec des planches. Dans cette région de forêts et hautes futaies, le régiment n'a aucun moyen de commander du bois dans les menuiseries avoisinantes dont les stocks sont figés par la guerre. Ceux qui ont fait quatorze pleurent de honte. Au bout de quelques semaines, nos creusements informes ont créé des cloaques sans nom. Nous nous gardons bien d'y séjourner. On dit en rigolant que si les Fridolins viennent ici, ils vont tous se noyer. En réalité, j'étais de moins en moins persuadé de notre capacité à foutre une branlée aux teutons. Mais bon, rien de sérieux ne se passait sur le front. A croire qu'ils avaient peur de nous quand même.

En avril quarante, le régiment fut pressenti pour rejoindre le nord de la Norvège que les Allemands envahissaient. C'est sûr que de vieilles troupes coloniales africaines au pays des fjords et des neiges tenaces, il fallait y penser. On reçu des équipements grand froid mais, là encore, l'embarquement pour Narvik fut différé puis annulé. On nous fit rendre nos équipements d'hiver alors qu'il faisait un froid glacial.

Sur ces entrefaites survint le 10 mai 1940. Dès l'aube les troupes allemandes envahissent la Belgique. A 5h, nous recevons l'ordre de rentrer en Belgique à notre tour. De nouveau, comme en septembre en Sarre, c'est le foutoir le plus complet. Les officiers cherchent désespérément à rejoindre leurs positions, nos colonnes se croisent, se recroisent, se perdent, se cherchent, se retrouvent parfois. Mon lieutenant n'arrive plus à savoir ce qu'il doit faire. Tantôt il faut poursuivre vers l'avant, tantôt se replier.

Le 12 mai commence un repli général et totalement anarchique. On essaie néanmoins de conserver nos pièces. Elles ne serviront jamais. Maintenant l'ordre est clairement de rejoindre la France et de laisser les Belges à leurs frites, à leur Roi et à leurs misères. Mais les Boches ne l'entendent pas ainsi. Ils n'ont sans doute pas lu Jules César et ils percent par les Ardennes avec des hordes de Panzers. Gamelin s'est planté et nous a placé dans un sacré merdier en se faisant couper en deux.

Les deux jours suivants nous avons été décimés par les stukas en forêt de Chimay. Les batteries, les chevaux, les dépôts de munition, tout y est passé. Nous étions abrutis par les sirènes hurlantes de ces oiseaux de malheur immédiatement suivies des chapelets d'explosions. Mais les ordres incompréhensibles du jour étaient de poursuivre au Nord alors que la veille il fallait reculer.

Avec trois copains, j'ai échappé au massacre. Les bruits de la bataille qui se poursuit sont maintenant derrière nous. Nous évitons les routes totalement occupées par le défilé continu des chars boches. Où est-elle notre belle aviation qui aurait pu faire là des cartons de foire ? C'est clairement la grande déroute. Notre unique préoccupation est maintenant de rejoindre le pays sans nous faire prendre.

En route, nous sommes rejoints par deux autres rescapés du régiment. L'un deux s'évertue à porter une mitrailleuse modèle Saint-Étienne 1907, sans son affût, pour laquelle il n'a jamais touché de munitions. « Je ne veux pas la laisser aux Boches ! » S'entête-t-il à répéter. C'est un breton, il a la caboche dure. Il finit quand même par la jeter dans un fossé après que je lui eu expliqué que les chleus n'envisageaient pas de faire un musée avec l'armement antérieur à quatorze.

Nous décidons de filer vers le sud-ouest. N'ayant jamais eu le sens de l'orientation, je m'en remets à la boussole du breton. Nous marchions surtout le soir et la nuit. Le 15 mai, à onze heures du soir, nous arrivâmes à proximité de ce qui nous semblait un petit bois. Et c'est là que nous fûmes poirés, près de Cerfontaine.

Tu parles d'un bosquet amical. Un ensemble de panzers planqués par des branchages. Le cliquetis d'une tourelle suivi d'un projecteur en pleine poire. Inutile de nous faire un dessin, les injonctions furent claires et nous levâmes les mains en cœur, persuadés qu'on allait y passer. Au moins n'avions nous aucune arme à leur donner. La honte mais pas le déshonneur. En face de nous une unité SS *Totenkopf*.

Ces gars avaient mon âge. Ils étaient jeunes, l'air dur et hautain, vainqueurs quoi. Cette prise

de guerre d'une bande hirsute et désarmée ne sembla pas les émouvoir autrement. Nous étions insignifiants pour eux. D'ailleurs ils nous donnèrent à manger et des cigarettes.
Un de leurs officiers essaya de nous réconforter : *Krieg, gross malheur...* Celle-là nous n'avions pas fini de l'entendre.

VIII
Vers l'Allemagne

Au petit matin, les panzers repartirent vers l'avant, nous laissant à la garde de *feldgrau* qui nous accompagnèrent vers un grand terrain vague où s'amoncelait une masse de prisonniers français et belges. Là, les Boches nous ont distribué les fournitures de l'armée française, ça ne leur a pas coûté trop cher. Nous eûmes nos couvertures et surtout des bâches bien appréciables car il flottait des cordes. Côté bouffe rien. Nous avions la dalle.

Au fur et à mesure de la journée de nouveaux groupes de prisonniers arrivaient. Nous commencions à être à l'étroit. D'autant que tout le bas du terrain s'inondait progressivement, entraînant un reflux vers la partie émergée. Émergée mais pas sèche du tout. Impossible de se déplacer sans que les godillots ne s'enfoncent totalement. Cela me faisait penser à un tas de mouches sur une merde de chien trop fraîche.

Devant l'arrivée d'un nouveau groupe, je ne pus m'empêcher de déclarer à la cantonade qu'on allait bientôt être assez pour les prendre à revers. Cet humour parisien ne déclencha pas le succès escompté.

De temps à autre, des vagues d'avions nous survolaient, emmenant vers le pays les bombes et les balles meurtrières. L'écho d'âpres combats nous parvenait encore, s'éloignant au fil des heures. Nous ne savions rien du sort de nos armes. A chaque nouveau groupe, nous posions des questions. Personne ne savait rien sinon qu'on en prenait point la poire. C'est là que commencèrent les premières rumeurs, les *bouteillons* dont la vie des prisonniers allait désormais se peupler. Les ragots imaginaires ou supposés qui dès maintenant et pour les années à venir allaient remplacer la presse et la radio.

Dans la même heure on entendait que les Allemands étaient à Londres ou que les Anglais les contournaient en Belgique. Mais, pour être honnête, ce qui nous préoccupait le plus était de savoir ce que les Boches allaient faire de nous.

Je ne me souviens plus si ce séjour boueux dura un, deux ou trois jours. Ce dont par contre je me souviens parfaitement, c'est que nous n'eûmes rien à bouffer. Comme nous n'y étions pas encore habitué, cette première disette a laissé dans ma mémoire une empreinte surdimensionnée.

Des camions vinrent nous chercher, nous sortir de ce cloaque surpeuplé. Ils nous débarquèrent, non loin, à Dinant. Toute l'armée française semblait être arrivée là. Nous défilâmes en longues colonnes devant quelques vieillards dont les yeux n'étaient pas simplement embués par la pluie toujours aussi tenace. Le défilé des vaincus. Les mêmes, quelques jours plus tôt, nous accueillaient en sauveurs du pays. Pauvre

Belgique, pauvre France, pauvres nous qui n'avions plus très belle allure avec nos capotes crottées et gorgées d'eau. D'autant que cette marche n'en finissait pas. Au final, on s'est retrouvé dans le grand parc d'un château près de la frontière luxembourgeoise.

Il continuait de pleuvoir. Comme j'ai pu le dire à ce moment : *le gars qui tire la chasse là haut, ce n'est pas un fainéant*. Cela fait partie de la longue liste des aphorismes de circonstance dont j'ai peuplé ma vie, particulièrement lors de ces moments pénibles. Nos généraux avaient peut-être perdu la bataille, mais pour bibi pas question de perdre l'esprit. Peut être n'ai-je jamais eu le sens de l'orientation mais celui de la répartie ne m'a pas quitté.

Et puis la guerre, à ce moment là, on ne l'avait pas encore perdue. C'était mal barré d'accord mais le pays est grand, plein de ressources et de gars futés. On aimait alors à le croire… encore.

D'autant que la brutalité des vainqueurs commençait à nous courir sur le haricot. Non seulement on avait vu leurs stukas nous pilonner, ce qui est un acte de guerre acceptable, mais surtout en faire autant avec les caravanes de civils jetées sur les routes de la peur et de l'exil et ça on l'avait au travers du gosier. Quelques camarades, top affaiblis, avaient aussi été abattus sans vergogne lors de nos premières marches. Quand on débarqua dans le parc du château, nous eûmes droit à un café revigorant mais aussi à la distribution de vivres au jeter, comme on le fait au zoo avec les singes. On avait bien trop faim pour protester et ramassions l'humiliation avec le reste des biscuits de guerre. Les soldats allemands riaient aux éclats en nous lançant des morceaux de pain. J'assistais à ce spectacle affligeant de la bagarre entre nous pour ramasser jusqu'aux miettes boueuses. Ma religion était faite depuis longtemps sur la gente humaine. Je passais là ma confirmation.

Combien de temps sommes nous restés dans ce parc ? Au moins une semaine. Et chaque jour un flot hirsute de vaincus nous rejoignait. On était donc tant que ça ? Les nouvelles qu'ils annonçaient n'étaient pas des meilleures. Les combats continuaient d'être rudes et sanglants. Les Anglais s'étaient rembarqués à Dunkerque. La plupart des troupes françaises qui avaient protégé leurs arrières avaient été anéanties et le reliquat nous rejoignait. Les uns saluaient ce coup tactique des Brittons, les autres, les plus nombreux je dois le dire, disaient qu'ils nous abandonnaient après nous avoir poussé à la guerre et que les Boches étaient bien partis pour débarquer chez eux, ce qui n'était que justice.

Le seul consensus concernait le jugement de nos stratèges, politiques et militaires, ceux de l'arrière qui nous avaient manœuvrés comme des branquignoles et à qui nous devions ce camping printanier et humide.

Un matin, on nous rassembla. Les Allemands voulaient que ce soit nos sous-officiers qui gèrent les regroupements à la militaire. Bien peu s'y essayèrent. Notre longue colonne encadrée de feldgrau avec molosses nous amena jusqu'à une gare où nous attendait un long train de wagons à bestiaux. Le *bouteillon* du jour expliquait qu'on devait ce déplacement à la reprise de l'offensive par nos troupes qui venaient nous libérer. Quelle blague ! Aucun bruit de canon pour donner du crédit à cette rumeur.

Vous pourriez penser, au vu de ce que vous savez après-coup de l'histoire de la période, que nous aurions pu nous échapper. Ceux qui essayèrent furent tirés comme des lapins. Et puis, aller où, les Allemands étaient partout, devant, derrière et sur les côtés. Ils étaient les premiers à nous dire que la guerre serait vite terminée et qu'alors nous pourrions rentrer chez nous. Nous étions convaincus, cons et vaincus devrais-je dire.

Ce premier voyage fut assez court et donc pas trop pénible. On débarqua le 29 mai dans un camp de transit, le premier stalag rencontré, le VI-B, situé en plein palatinat. Au moins pensais-je, le pays n'est pas trop loin. Ce n'est pas que je songeais à me faire la belle mais, on ne savait jamais, le sort des armes n'étant alors pas totalement scellé, ce que l'avenir pourrait réserver.

J'ai un souvenir confus de ces quelques jours passés là dans des conditions sales et précaires, entassés dans des baraquements étriqués. Il faisait de plus en plus chaud et beau. Chaque journée apportait des nouvelles catastrophiques sur les combats encore menés. Nos gardiens nous l'affirmaient, la fin est proche, vous allez bientôt rentrer chez vous.

Il se met à faire de plus en plus chaud. Un matin, on nous regroupe, on nous entasse dans les wagons à soixante ou quatre-vingts bonshommes. La mention peinte au pochoir, en français, stipule « 40 hommes ou 8 chevaux en long ». Mais voilà, les Boches, s'ils ont récupéré notre matériel ferroviaire, ne lisent pas le français. Impossible de nous asseoir. La chaleur devient vite étouffante et ceux qui ont encore leur lourde capote les laissent glisser au sol. L'odeur n'est pas attrayante. Au château nous avions le droit de nous laver, en contrebas dans une petite rivière, mais peu ont cédé à l'appel de la propreté. Au stalag, à force de nous dire que c'était provisoire, beaucoup se sont laissés aller. On s'habitue à tout et peu à peu les miasmes fétides s'oublient pour d'autres préoccupations, la faim, la soif et, rapidement, celle des besoins naturels à satisfaire. La condition animale prend le dessus.

Le train avance lentement, fait de fréquents arrêts. Les portes sont bouclées de l'extérieur. À la première gare allemande les portes sont ouvertes en grand et on nous passe des seaux remplis d'eau, on nous jette des boules de pain qu'il faut se partager. Quelle foire d'empoigne. Je crois que cette gare est celle de Coblenz, vieille ville habituée à voir passer des français en panade.

Le voyage reprend dans des conditions de plus en plus horribles. L'odeur de merde et de pisse ne s'oublie pas. Nous tombons de fatigue les uns sur les autres. Le temps semble aboli. La nuit arrive et le roulis interminable se poursuit. Où nous emmènent-ils ? Vers un pays neutre, la Suisse ? En tout cas, une chose est certaine, on s'éloigne du pays.

La nuit passe, la journée est maintenant bien entamée quand l'un de nous, rivé à la petite lucarne, nous annonce que nous sommes dans la banlieue de Berlin. Je ne puis m'empêcher de m'exclamer : « On nous l'avait bien dit : à Berlin ! ». Mauvais public, personne ne rit.

Le soir, le train s'arrête enfin définitivement à la gare de Fürstenberg-sur-Oder. Un copain, qui s'y connaît en géographie, nous dit que nous sommes dans le Brandebourg, à la limite de la Prusse. Voilà qui ne nous rapproche pas du boul'Mich'. On fait marcher la troupe hagarde et poisseuse dont je suis sur deux ou trois kilomètres de route poussiéreuse jusqu'à un immense camp où des baraques de briques fraîchement construites nous attendent. Nous sommes arrivés au Stalag III-B. Les longues vacances commencent.

IX
Kriegsgefangener
(KG)

Le stalag III-B ! Situé à cent-vingt kilomètres à l'Est de Berlin, il s'agissait d'un camp modèle pour les Boches, un *musterlager,* un complexe où nous arrivions par milliers dans un état déplorable, où nous allions aussitôt découvrir l'organisation allemande dans toute sa splendeur. On y retrouvait toutes les nationalités qui avaient combattues contre les troupes d'Adolphe. Les français constituaient moins de vingt pour cent de l'effectif total, rassemblés dans huit grandes baraques. Côté paysage c'était plutôt tristouille, une plaine sablonneuse et froide, des bois de pins de ci de là, un horizon plat et sans charme.

Nous passâmes d'abord en quarantaine, le temps de nous recenser, de nous épouiller, de nous dépouiller aussi et, surtout, de passer nos guenilles dans les énormes autoclaves de la lingerie, dont elles ressortiront sans forme et sans odeur. Sur le dos des capotes et des vestes ont été peintes deux grosses lettres capitales blanches, KG, pour *Kriegsgefangener,* prisonnier de guerre. On nous colle à chacun un matricule embouti sur une petite plaque de tôle. J'hérite du *nummer* 22367, le nummer qu'il faut apprendre par cœur, en allemand, pour le réciter lors des contrôles en montrant sa plaque. Ce sont les premiers mots d'allemand que j'apprends, pas les derniers. Compte tenu de mon parcours scolaire, je peux bien le dire, j'ai fait allemand en première langue, de 1940 à 1945. De quoi passer une maîtrise. Avec surprise, j'ai même eu beaucoup de facilité avec cette langue. Sans doute parce que je n'étais pas vraiment obligé. Et puis, j'ai toujours préféré comprendre ce qu'on me disait, histoire de n'être pas l'éternel couillon. A ce propos, du côté des couillonnés, j'étais loin d'être le seul à ce moment là.

La défaite nous avait rejoint avec les derniers transferts de prisonniers. Nous avons appris la demande d'armistice de Pétain. On s'est tous dit que si le vieux en était arrivé là, c'est qu'il n'y avait sans doute rien d'autre à faire. Et puis, on commençait déjà d'en avoir marre. La guerre finie, même bien perdue, on allait pouvoir enfin rentrer chez nous toute honte bue. En attendant, les Boches avaient décidé de nous faire bosser, "participer en camarade" à l'effort de la grande Allemagne, comme avait tenté de nous l'expliquer avec une fausse bonhommie le commandant du camp.

Sur la carte type, j'ai pu envoyer un mot sommaire à maman. Ainsi, elle aura mes coordonnées pour m'envoyer un colis si elle le peut.

La longue attente commence. Tous les matins, les gardes s'évertuent à nous faire faire de la gymnastique intensive. Comme il ne fait pas très chaud malgré la saison, cela a le mérite de nous revigorer. Mais c'est assommant. Les après-midis nous allons aux nouvelles ou bien nous jouons aux cartes ou au foot.

Dès le mois de septembre, les rumeurs se précisent sur notre libération prochaine. Les Bretons sont regroupés, comme les Alsaciens. Pour ces derniers, la chose est claire. Les Allemands ont repris l'Alsace et nos soldats vont changer d'uniforme.

Un officier allemand veut absolument que je sois Alsacien. J'ai oublié jusqu'à présent de vous décrire mon apparence physique. Blond comme les blés et l'œil bleu gris, assez grand pour l'époque avec mon mètre soixante-douze, dolichocéphale à un point tel que Vacher de Lapouge m'aurait inscrit d'emblée dans son fan club. Moi, évidemment, ces trucs raciaux je m'en foutais totalement. C'est vrai que ça faisait tâche avec la chéchia. Les bédouins du régiment me prenait déjà pour un Allemand lors de mes classes. Mais là, la confusion devenait redoutable. Il me fallut beaucoup de persévérance pour que le prussien s'avoue vaincu et me considère bien comme un parisien dégénéré. Dans son français scolaire, il m'assénait : *vous êtes un bon aryen.* Tendre ainsi la perche à un parigot, quelle aubaine ! Je répliquais, aux anges, *mais vous aussi vous êtes un bon à rien*. Ya ! Ya ! Kreig gross malheur…

Pour les Bretons, nous comprenions plus difficilement la séparation. Le bouteillon du jour précisait que la Bretagne allait être déclarée indépendante par les teutons et former ainsi un rempart allié d'elle à l'ouest. La majorité des concernés n'est pas tombée dans cette arnaque. Pour le reste, les anciennes classes, jusqu'à celle de 1935, devaient être les premières libérées. Les gars des classes 38 dont j'étais et celles de 39 et 40 n'avaient pas bon moral.

Au final, même la classe 35 allait rester là un bon moment.

Début juillet 1940, quand les Anglais bombardèrent notre flotte à Mers-el-Kébir, nous ressentîmes tous une immense colère. Les Allemands firent marcher à bloc leur propagande mais n'exploitèrent même pas les fruits de la fièvre d'anglophobie de cette période. Je crois que s'ils nous avaient libéré à ce moment là en nous promettant des fusils pour nous venger, plus d'un aurait signé le deal. Enfin, à la française : libérez nous d'abord, après on verra…

On s'habitue à tout. Les premiers mois furent chaotiques puis, rapidement, le système démerde national repris ses droits. Depuis la dotation gratuite de cigarettes durant mon service, j'étais accro au tabac. Plus encore que la recherche de nourriture, celle des clopes m'absorbait du matin au soir et la concurrence était rude. Dans les premiers temps, l'arrivée régulière de nouveaux prisonniers alimentait le trafic mais avec l'été finissant, nous organisâmes celui-ci avec les Allemands eux-mêmes. C'est fou ce qu'un régime prônant la pureté des mœurs et des usages génère comme corruption. Avec l'arrivée des colis, les trocs en tout genre virent le jour, dépassant allègrement les frontières du camp. Ce n'était pas vraiment à notre avantage et, même démunis, on nous tondait encore la repousse de la laine sur le dos.

Le farniente et la gymnastique n'ont duré qu'un temps. Le régime des *Arbeit-Kommandos* s'est rapidement mis en place. Chaque matin, hors le dimanche, il fallait être levé dès l'aube et on se retrouvait affecté à tel ou tel Kommando de travail. Je n'ai pas gardé en mémoire tout ce qu'on a pu faire durant les premières années. Tantôt on partait empierrer des routes, refaire du ballast sur les voies de chemin de fer. D'un proche canal on déchargeait des péniches de charbon, de vivres, de bois qu'un autre Kommando rechargeait ensuite sur des trains. On était payé royalement deux marks cinquante par jour. Mais il s'agissait de *lagen-marks* impossibles à utiliser à l'extérieur sans passer par le change officiel du camp. Cela ne freina qu'à peine les combines.

Il y avait aussi les kommandos plus techniques, composés d'ouvriers qualifiés envoyés chaque jour en usine. Beaucoup de petits entrepreneurs faisaient aussi appel à cette main d'œuvre bon marché. Ils préféraient les français aux polonais considérés comme incapables. Pourtant, c'est le moins que l'on puisse dire, je n'ai jamais vu de zèle aussi improductif que celui de nos équipes. Comme quoi, la réputation, c'est du vent, rien que du vent.

Moi, quand on m'avait demandé quel était mon métier, j'avais répondu : chauffeur de taxi à Paris. Sans doute était-ce à ce moment là une aspiration profonde. En tout cas, ce n'était pas très malin, les chauffeurs de taxi n'étaient pas une ressource nécessaire dans le Brandebourg du grand Reich. On m'affecta assez rapidement à un Kommando de manutention militaire, le K 401. Au moins j'échappais un temps aux Kommandos répressifs désignés pour les mines de charbons ou de minerais.

Durant l'année 1941, commencèrent progressivement les rapatriements des anciens combattants de quatorze, des soutiens de famille, toutes catégories qui ne me concernaient pas. La SNCF réclama aussi les siens. Du coup, mon frère Gaston, poiré comme moi au printemps 40, et cantonné au stalag XI-B en Basse-Saxe, put rentrer tranquillement chez lui. C'est comme ça, le bol pour les uns, la tasse pour les autres. Et côté tasse, je commençais à être expert. Au moins maman n'avait-elle plus à se préoccuper de ses deux fils derrière les barbelés. Mes rares colis n'étaient pas plus gros pour autant. Mais nous savions bien que les temps de fringale touchaient aussi le pays natal, particulièrement en zone occupée. Déjà qu'en temps de paix ce n'était pas Byzance à la maison. Sur mes petites cartes réglementaires à mots serrés, je lui disais de ne pas se biler pour moi, que tout allait bien, que j'étais avant dans l'équipe de foot même si,. comme tous les copains, je crevais de faim et de froid la plupart du temps.

À partir de juin 1941, alors que l'Allemagne déclarait la guerre à la Russie, l'acheminement de convois vers l'Est, de vivres et de munitions, nous mobilisa souvent. Vous imaginez toute la bonne volonté que nous mettions à cet effort de guerre. Nous étions surveillés par des sentinelles armées, couramment assez bonasses, et un civil responsable de l'équipe, chiant au possible le plus souvent. Évidemment, quand nous rentrions au camp, nous étions fouillés. La fauche était réprimée sévèrement et entraînait un transfert illico vers un Kommando disciplinaire après quelques jours de prison. Nous faisions gaffe. Une fois, nous avions à faire à un sous-officier allemand particulièrement zélé. Au bout de quelques jours, nous étions tous d'accord pour rendre la monnaie de sa pièce à l'auteur de brimades qui excédaient de beaucoup la relation normale entre un garde chiourme et ses prisonniers. Nous chargions un stock de plaques de chocolat dans un wagon, nous en mettant plein les poches au passage. Le soir, à la fouille, le lot impressionnant de chocolat s'entassait sur la table. L'officier de garde fut appelé. Nous manifestions tous notre incompréhension en expliquant que le sous-officier du chantier nous avait lui même incité à nous servir. L'officier était médusé devant le discours universel. Nous lui expliquâmes que nous n'aurions jamais risqués des peines que nous savions sévères dans le cas contraire. Le lendemain, au chantier, le feldwebel remplaçant nous expliqua que son prédécesseur venait d'être envoyé sur le front russe pour faute grave. Un modus vivendi s'ensuivit et nous eûmes la paix un bon moment dans ce kommando. *Krieg gross malheur…*

Il y eut assez peu d'évasions la première année. Le règlement du camp expliquait que les évadés s'exposaient à des sanctions sévères et que celles-ci pourraient aussi s'étendre aux familles séjournant dans les territoires occupés. La propagande maréchaliste nous invitait également à la plus grande patience, à ne pas ajouter aux malheurs du pays en contrevenant aux consignes de nos amis allemands. Nous en étions tous revenus assez rapidement de ces discours lénifiants. Les Allemands ne nous traitaient pas en amis. Ils nous faisaient trimer, nous affamaient, nous réprimaient. Nous étions prisonniers de guerre, rien de plus ni de moins.

La mission Scapini vint dans les camps de prisonniers. La plupart du temps, malgré l'empressement des Allemands à donner une bonne impression de nos conditions de vie, nous les reçûmes assez mal.

Avec l'année 1942, l'invincibilité de l'Adolphe et de ses troufions s'ébranla sérieusement. À l'Est les choses se gâtaient, à l'Ouest les Tommies reprenaient du poil de la bête et les bombardements commencèrent de façon régulière sur les villes allemandes. Les Ricains, titillés par les Nippons à Pearl-Harbor, étaient sortis de leur sommeil. Bref, ça bardait partout. Le certitude de la victoire avait changé de camp. Ce n'était plus qu'une question de temps. Nous suivions cela de près sur des cartes confectionnées pour l'occasion.

Moi, durant cette période, j'étais le plus souvent à Fürstenwalde au kommando 401, beaucoup plus près de Berlin, mais aussi dans un environnement plus confiné et davantage surveillé. Comme tous les copains, je songeais de plus en plus souvent à me faire la malle. Ce n'était pas une mince affaire d'y parvenir. En attendant, dans la manutention militaire, nous sabotions tous ce que nous pouvions. Ce n'était pas sans risques non plus.

X
Mes évasions

Mes premières tentatives dates de l'été 1942. Le régime devenait de plus en plus sévère au fur et à mesure où la guerre prenait un tour moins favorable aux Boches. Nous étions aussi aux premières lignes des bombardements alliés. C'était un sacré spectacle de nuit du côté de Berlin. Le K401 était une vraie poudrière. On se disait qu'une seule bombe pourrait tous nous pulvériser. Cela ne nous empêchait pas d'applaudir aux coups au but, aux plus belles gerbes.

L'une des premières fois, je profitais d'une sortie de l'équipe vers un chantier extérieur, ce qui était rare, pour m'éclipser aux abords de la gare. Un schupo me mis le grappin dessus en moins d'un quart d'heure alors que j'essayais de lire les destinations des wagons de marchandise. Comme j'étais en tenue KG on finit par me croire lorsque j'expliquais m'être perdu après avoir voulu satisfaire un besoin naturel. Pour l'exemple, j'eus néanmoins droit à une petite réclusion de huit jours au régime de la discipline.

Il y avait plusieurs écoles dans l'organisation des évasions. Aucune n'était parfaite. Le grand sujet était de savoir si l'on s'évadait en tenue civile ou bien en militaire. Il y a longtemps que nos tenues n'étaient plus homogènes ni même nationales. Parfois une veste anglaise, un pantalon tchèque, une capote polonaise. Pour ma part, j'avais seulement conservé en reliquat de ma dotation initiale mon bonnet de police, le calot d'artilleur. Mieux que tout le reste, il soulignait mon appartenance nationale.

La tenue civile supposait de faux papiers. Elle permettait de se fondre dans la population, d'acheter des titres de transport et de jouer les filles de l'air tel le *touristen* moyen. Pour arriver à cela il y avait une grosse condition : disposer d'argent. Dans la vie courante, je n'en avais pas. Alors, derrière les barbelés, vous imaginez.

Avec quelques copains nous étions partisans d'un système plus simple, simplissime d'ailleurs. Filer de nuit, trouver un wagon à bonne destination et hop ! Le tour était joué. L'ennui majeur de ce plan était lié à notre situation géographique. Il y avait à la gare de Fürstenwalde quantité de convois, le plus souvent de chargements militaires, en direction de l'Est. Au retour, les wagons vides s'acheminaient vers Berlin. Nous imaginions dépasser cette difficulté en changeant de convoi à Berlin, *nach Frankreich*. A nous Ménilmuche, La Mouffe, et Arcueil. La foi du prisonnier est comme celle du charbonnier, indestructible, sinon crever.

L'été et l'automne 42 se passèrent sans départ pour moi. Tout foirait systématiquement. Cela rend philosophe, permet d'être suspicieux quand survient une bonne nouvelle. On sait déjà la suite. Avec deux copains, Chianal et Soque, on avait décidé de ne pas fêter notre troisième anniversaire de prisonniers sur place. La météo s'en mêla, hiver et printemps furent horriblement froids. Le 19 mai 1943, nous partîmes tous les trois, de nuit. Ce fût plus compliqué que prévu. La sortie du camp, le cisaillage des barbelés, les sentinelles, bref, nous arrivâmes presque à l'aube à la gare, en retard de plusieurs heures sur notre programme. Nous n'avions pas pensé aux sentinelles avec les chiens qui patrouillaient dans la gare. Quelle poisse !

Nous finissons quand même par entrer dans un wagon vide. Le convoi est positionné dans le bon sens, destination Berlin. Il part, à nous la liberté ! Quel sentiment splendide. Il nous semblait que le plus dur était fait. La pure joie de la goguette. Rien que pour ces quelques heures sans horizon bouché, ça valait le coup !

Le voyage ne dura pas bien longtemps. Deux heures plus tard, nous nous retrouvions immobilisés dans une gare de la banlieue berlinoise. Puis, plus rien. La locomotive était maintenant détachée. Où étions nous ? Il nous fallait changer de gare, essayer de passer de l'Est à l'Ouest de Berlin. Nous avons attendu la nuit, grignotant quelques biscuits de nos provisions. Au petit matin, nous ne savions plus trop où nous étions, sans doute dans la banlieue Nord. A huit heures, nous sommes rentrés à tour de rôle dans un bistrot pour nous réchauffer d'un ersatz de café. A dix heures nous étions repris. Ramené au stalag d'origine, nous écopâmes d'un mois de séjour disciplinaire dans la prison du Kommando 200 de Repten, qui était celui, sinistre, des prisonniers russes. On en a bavé mais ça ne fait rien, nous étions contents d'être passés à l'acte. Les « marche ou crève » du peloton disciplinaire matin et soir avec les sacs lestés de pierres ne pouvaient plus rien changer pour moi. J'avais attrapé le virus de la tangente. Tout entraînement musculaire était bon à prendre dans la perspective du grand voyage. En réalité, je fais le bravache, on a crevé de faim là dedans. Et les pauvres moujiks qui nous entouraient, plus miséreux encore, ne pouvaient rien pour nous.

La rumeur qui nous parvint était que nous allions être transférés au camp de Rawa-Ruska, le camp de « la goutte d'eau et de la mort lente » comme l'écrivit après-coup Winston Churchill. Mais dès cette époque, nous savions que ce Stalag disciplinaire enfoncé en lointaine Pologne était terrible et inhumain. Nous décidâmes de nous faire la belle dès que l'occasion se présenterait. Elle arriva plus vite que prévue. Nous étions rentrés à Repten le 8 juin 1943, le 27 du même mois, dans des conditions assez similaires à notre première évasion, nous nous faisions la belle.

Cette fois là, nous sommes restés planqués près du camp durant plusieurs jours dans une baraque de chantier près de la gare, ravitaillés par les KG d'un kommando. La nuit, à tour de rôle, nous allions reconnaître les convois en formation. Les journées de juillet étaient très chaudes et je me souviens de la soif qui nous tenaillait dans la baraque au toit de tôle dans laquelle nous étions cachés. Nous avons réussi à nous embarquer une nouvelle fois. Un copain nous avait donné un contact dans un Kommando plus proche de Berlin. Notre plan était toujours le même, basé sur la recherche d'un train de marchandises allant vers la France. Avec grand peine nous avons réussi à entrer en relation avec le contact à Cottbus. L'un de nous porte un brassard qui donne une suspicion favorable au déplacement du trio. De nouveau nous nous planquons dans un baraquement. C'est là que nous serons repris et renvoyés à Repten début août 43. Quelle déveine ! Évidemment prison puis, de nouveau, peloton disciplinaire. Retour à la case départ. De là on a été affectés deux mois plus tard près de Cottbus, dans un Kommando spécialisé dans la réparation et le blindage des locomotives. Nous étions à une centaine de kilomètres au Sud-Est de Berlin.

Les bombardements alliés étaient de plus en plus fréquents. Les choses commençaient de vraiment mal tourner pour la bande à Adolphe. Cela se ressentait dans la hargne des feldgrau et l'inquiétude des civils que nous croisions lors de déplacements sévèrement encadrés.

On sabotait les roues des locomotives de telle façon qu'elles cèdent sous l'effort. Je dois vous dire que si je ne rechignais pas à cette tâche, j'imaginais bien que des emmerdements sérieux pouvaient nous arriver par voie de conséquence.

Après un mois et demi de ce régime, je prenais la décision de ne pas m'éterniser dans ce labeur de héros obscur. Tout seul, je choisissais de marcher vers l'Ouest, de contourner Berlin par le Sud cette fois et d'arriver à une gare propice aux convois vers les latitudes natales.

À l'atelier, avec un aimant et les conseils avisés d'un copain, j'avais fabriqué une boussole sensée pallier au défaut de naissance touchant ma capacité à m'orienter naturellement dans la bonne direction. Soit le copain s'était foutu de moi, soit j'étais vraiment abonné à l'album de la cerise. Au bout de deux jours, à court de vivres, transi de froid, je ne savais plus où j'étais et, fatalement, je fus repris.

Toutes ces aventures foireuses m'amenèrent à la fin de l'année 43 avec un ultime parcours de santé au régime disciplinaire. Bel hiver encore, bien glacial, neutralisant les tentatives mais n'entamant en rien l'envie.

Je me souviens ensuite avoir été affecté dans un moulin où l'on fabriquait de l'huile de lin vers Lübben. C'était monotone. Le patron allemand était une ordure de la pire espèce. J'ai tenu là

quelques mois, au chaud, mais avec le ciboulot qui bouillonnait. Un matin j'ai engueulé le Boche de façon méchante, le prenant au colbac. Il m'a aussitôt rendu au stalag. De là, j'ai été affecté dans une menuiserie où j'ai eu une paix royale. Durant le mois de ce séjour estival, je n'ai rien fait, mais alors rien du tout. Je suivais les nouvelles de la guerre. À l'Est, les Russes avaient repris l'offensive et s'approchaient. J'appris le débarquement américain de Normandie. Le grand débat entre prisonniers tournait maintenant sur la direction à prendre : rejoindre les Russes dont nous étions bien plus près ou continuer les tentatives à l'Ouest, vers chez nous. Contre toute logique c'est la seule option que je gardais en tête. Dans le merdier apocalyptique de la fin 1944 où nous étions, quelques copains ont opté pour l'Est. Pour certains cela ne s'est pas trop mal passé, d'autres ont disparu à jamais. Quelques uns ont refait surface dans les années cinquante après la mort du petit père du peuple. Quand ils furent poirés par les Kalmouks, ils eurent droit au même régime que ceux de la Wermacht. Les Français ou les Boches, vus de la Sibérie, c'est du pareil au même.
J'appris que le patron du moulin avait porté plainte contre moi. Un matin deux teutons, dont un officier, sont venus me cueillir. J'ai bien cru qu'ils allaient me régler mon compte sans autre forme de jugement. Je n'eus pas le droit au

traditionnel *krieg gross* malheur, seulement à un silence glacial et angoissant. Mais non, ils m'ont simplement ramené au stalag où j'ai, une fois encore, été mis en prison. Au moins, je ne risquais plus d'aller à Rawa-Ruska, les Russes avaient déjà repris cette partie de la Pologne. Ils ne l'ont d'ailleurs pas rendue.

Les Fridolins avaient de plus en plus besoin de main d'œuvre. Ils avaient enrôlé tous leurs ouvriers, tous leurs paysans. Pas moyen de se la couler douce, les prisonniers durent reprendre les commandes des machines, des tracteurs et, parfois, sans doute moins qu'on ne l'a écrit, les chaudes places au fond des lits des maris partis sur les différents fronts défendre l'invincible grand Reich. Une armée de cocus, les cornes changeaient de camp.

C'est ainsi que je me retrouvais dans une ferme d'État comme chauffeur de tracteur, toujours dans le secteur de Cottbus. Nous étions en novembre 1944.

Un autre prisonnier, dans le civil chauffeur d'autobus à Paris, me paraissait être le compère idéal de ma dernière évasion. Un mec pareil ça connaît son chemin, ça vous dépose à l'arrêt prévu. Après, on prend le métro et on va se pajer dans le douillet plumard de l'enfance. L'espoir renaît dès qu'on a les atouts en main.

Nous sommes en novembre 1944. Nous voilà partis nuitamment à la gare de Cottbus, par un froid glacial. Nos pas font craquer une bonne couche de neige qui est tombée la veille. Là, un vrai coup de pot, un convoi avec, mentionné à la craie sur les plaques de Wagon, le nom de PARIS écrit en gros. Certes, c'est suivi d'autre chose qu'on ne connaît pas, mais on s'en fout. A nous la capitale, en avant ! Dans notre wagon, un entassement de caisses facilite l'aménagement d'une planque idéale. Cette fois, c'est certain, le vent a tourné. L'abonnement aux galères est derrière moi.

Le convoi démarre avant l'aube, lentement mais sûrement. Trois heure plus tard, et cela commence à nous inquiéter, le roulis perdure. Le train est lancé et s'avance à bonne allure dans la nuit. Dehors, il neige abondamment. Nous ne voyons rien. Nous dormons un peu. A notre réveil, il fait jour. Nous ne comprenons pas bien où nous sommes. Nous pensions arriver dans une gare de la périphérie berlinoise en deux ou trois heures. Ce laps de temps est allègrement dépassé. Dehors, un paysage de plaine envahie de neige. Midi est passé maintenant et le convoi continu sa progression. Le froid devient intense. A l'extérieur la couche de neige est importante. Quand nous croisons une route, celle-ci semble enfoncée entre deux murs de glace. Dans l'après-midi, pas besoin d'être grands clercs, nous avons compris. Le convoi venait peut-être de Paris mais il a pris la direction de l'Est et nous sommes quelque part en Pologne. Dans une petite gare, au milieu de nulle part, le train

s'arrête. Avant même qu'il reparte, nous descendons, frigorifiés. A l'intérieur de l'unique baraquement, le chef de gare et un schupo. Nous frappons et nous nous rendons. La pièce est chauffée et on nous donne à boire un ersatz de café bouillant. Au loin, il nous semble entendre les canons. *Krieg, gross malheur!* marmonna le schupo. Ça tu peux le dire !
C'était dit, jamais je ne réussirais une évasion. Celle-là était la dernière. Côté kilomètres parcourus, rien à dire, on avait fait du chemin, mais à l'opposée de la destination souhaitée.

XI
La fin de ma guerre

Oui, parfaitement, MA GUERRE ! La mienne, pas celle des autres. D'une part, je n'ai pas la prétention de raconter ma vision supérieure du second conflit mondial, ne l'ayant reluqué seulement qu'avec mon innocence de troufion dépassé ; de l'autre, j'ai tellement entendu, après coup, tout le monde expliquer comment il aurait fallu faire, que je me dégage de telles considérations géo-politiques énervantes des experts du café du commerce. On ne réécrit pas l'Histoire, ni celles d'Alésia, de Pavie, de Waterloo ou de Sedan. Mon père était du camp des vainqueurs, il en est mort. Moi, le vaincu de quarante, j'ai survécu et je n'en suis pas plus fier pour autant. Voilà nos discussions des fins de repas familiaux des années cinquante et soixante, les instants arrosés où je n'ai plus trop envie de blaguer. Chacun sa guerre. Bon, j'arrête là mes états d'âme. Un parisien a toujours un fond de philosophie à étaler. Fallait bien que ça sorte. N'en parlons plus.

Après notre épopée vers la Bérésina, on nous ramena au camp. Chez les Fritz, c'était plus ça. Les Russes approchaient et les orgues de Staline résonnaient à tout va. En décembre 44 on me transféra à Sandbostel, au stalag X-B. Sandbostel est une petite ville située entre l'Elbe et la Weser, non loin de Hambourg. Avec mon casier, on me logea d'abord à l'isoloir des internés. Puis, le 10 mars 45, on trouva mieux on me collant dans un *arbeit-kommando* mis à disposition du bataillon chargé du déblaiement des ruines considérables occasionnées par les bombardements d'Hambourg de l'été 1943. Plus tard, les historiens ont parlé d'Hiroshima-sur-Elbe pour rappeler cet épisode au bilan impressionnant : 45,000 morts, civils pour la plupart, résultat des 10,000 tonnes de bombes larguées sur le port hanséatique.

Plus d'un an après, des quartiers entiers étaient encore ensevelis. Les engins traçaient des routes nouvelles à travers. Nous, les KG, il nous fallait trier les gravas, entasser les pierres récupérables. A tout bout de champs, nous exhumions des cadavres dont l'odeur nous imprégnait, des femmes, des enfants, des vieillards, l'horreur absolue. Souvent aussi, les bombes non explosées apparaissaient. Celles au phosphore transformaient les démineurs en torches humaines, d'autres éclataient, éclaircissaient nos rangs. Les morts grillés ou déchiquetés, les anciens morts écrabouillés, la mort partout. Avec le froid intense, la sueur de la peur se givrait à nos tempes. Ce ne sont pas de bons souvenirs.

Nous, nous ne déminions pas. C'était réservé aux déportés politiques. Ces pauvres diables dépenaillés, grelottants, qui sautaient et brûlaient à longueur de temps. Elle n'est pas bien belle la fin de MA guerre. Mais c'est comme ça. Nous savions tous que la fin approchait à grands pas. Il n'y avait plus assez de nourriture et cette disette touchait autant les civils allemands que les prisonniers. Dans les décombres désormais renouvelées par des nouveaux bombardements, c'est à qui trouverait des conserves à moitié éventrées, de vieilles patates pourrissantes. En rentrant au camp le soir, un petit groupe de copains partageait le butin de la journée. Les bruits sourds des combats nous parvenaient. Il nous semblait que tout ce que l'Allemagne avait encore de combattants se rassemblait autour de nous. Des soldats farouches et déterminés. Mais rendez-vous les gars ! Non, ça continuait de barder et nous, au milieu du feu d'artifice, si près de la libération tant attendue, on ne savait pas si on allait crever de faim, d'une bombe alliée ou d'une balle boche de l'ultime avanie.

En avril cela devenait dantesque. Je connaissais l'adjectif avant d'avoir lu l'Enfer. Et je l'ai vécu. De partout les Boches ramenaient au camp des déportés politiques. Des loques humaines à qui, difficilement, on essayait de faire passer quelques denrées. Ils mourraient en masse, à peine arrivés, épuisés, malades, maltraités par des SS intraitables qui nous empêchaient de les secourir. Vers le 20, les SS disparurent avec les quelques centaines de déportés encore valides vers je ne sais quelle marche de la mort. Nous pûmes venir en aide aux survivants grabataires qui restaient. Le typhus fit son apparition. Les poux des déportés semblaient plus méchants que nos totos à nous. J'en avais souffert comme les copains durant toute ma captivité. On s'épouillait par habitude chaque soir, vainement. Mais on vivait avec sans plus trop y penser. Là, ce fut autre choses.

L'épidémie m'atteint dans la dernière semaine d'avril. Quand les canadiens arrivèrent le 4 mai 1945, j'étais quasi dans le coltard et couvert de pustules.

On m'évacua vers le stalag IV-C, dans la région de Dresde, transformé par les alliés en infirmerie géante. J'y suis arrivé le 13 mai. Je n'allais pas fort. Un médecin américain m'a badigeonné d'un produit bizarre et je suis tombé dans les vapes. Au matin suivant, je me suis réveillé dans une salle calme et blanche, assez froide. Je grelottais. Autour de moi, d'autres types dormaient. Enfin, je croyais qu'ils dormaient. Je me sentais vaseux mais pas trop mal. Je me lève, les guibolles flagellantes et je constate le grand calme des copains. Tu parles ! Que des macchabées. Je me drape de mon linceul et je file de là illico. Dans le couloir, un infirmier éberlué me voit sortir de la salle des morts de la nuit. Après ce coup là, je me suis remis assez rapidement, pressé d'être rendu à la vie civile.

La guerre était finie et moi toujours en Bochie. Cela faisait cinq années. C'est un peu long pour des vacances forcées au crédit de la nation.

Le 23 mai 1945, on me relâcha enfin. Mais il fallait attendre l'organisation de convois. Je n'ai jamais été très patient. Avec un copain on réquisitionna dans un abri en partie écroulé un beau cabriolet Hotchkiss dont le coffre était rempli de boîtes de conserves. Sans doute la caisse d'un dignitaire qui n'avait pas eu le temps de filer. Un gars de l'intendance américaine, en échange d'une grande partie du butin, nous procura de l'essence et hop ! Nach Paris. Je n'ai jamais douté de rien. Mille kilomètres sur des routes défoncées par la guerre, ce n'est pourtant pas une mince affaire. Au moins les américains avaient balisé les routes. Ils avaient aussi établi des contrôles auxquels nous nous heurtions souvent. Mes progrès notables dans la langue de Goethe n'avaient plus aucune utilité. Le shakespearien enchouimgommé je n'y comprends que dalle. Un officier US nous piqua la bagnole et nous fis rejoindre un convoi français en formation. Là, nous prîmes le train le plus légalement du monde et le 30 mai 1945 je débarquais gare du Nord. Un comité d'accueil nous y attendait, avec discours officiel et tout le toutim. Je demandais un ticket de métro, sans faire les diverses files d'attente ni entendre le discours, et je filais à Arcueil.

Dans les jours qui suivirent, il me fallut encore obtenir ma fiche de démobilisation. Un officier, un planqué de quarante qui avait passé la guerre dans ses foyers apparemment, me demanda si j'avais fait mon temps de conscrit. Je lui rappelais un peu vertement que parti de chez moi en septembre 1938, presque sept ans auparavant, ça me semblait suffisant. Le 5 juin 1945, j'étais démobilisé. On me reprocha tout de même de ne pas restituer mon paquetage militaire. L'adjudant se calma quand je lui demandais en retour où étaient mes effets civils.

La République est bonne mère, elle calcula ma solde impayée. Solde à laquelle on ajouta deux francs vingt journaliers multipliés par dix depuis ma libération du camp jusqu'à mon arrivée à Paris, soit un total de cinq mille francs. Rassurez-vous, ce sont des anciens francs. Cela équivalait à peu près à un demi salaire mensuel. Pour cinq ans de captivité, pas de quoi pavoiser. J'ai tout bu avec les copains en moins d'une semaine pour arroser mon retour.

Il me reste trois anecdotes complémentaires sur les suites de la guerre. Pour ceux qui l'ont vécu, il reste au cœur et à l'âme un goût un peu amer d'une jeunesse gâchée. Certains se grandissent de pages héroïques fabriquées souvent après coup. Ils me débectent. Avec le temps, l'âge et ses infirmités, le souvenir de la jeunesse apporte de douces nostalgies, bien peu pour moi. J'ai attendu 1972 pour rejoindre l'Union des Anciens

Combattants. Trois ans plus tard, j'en sortais, fatigué d'entendre les exploits des anciens cons battus.

Au début des années cinquante, en vacances dans ma basse-Normandie d'adoption, nous vîmes arriver dans les parages un couple de jeunes Allemands en moto, venus voir la douce France dont leurs pères bottés leur avaient sans doute vanté la douceur de vivre. Ils campaient dans un champ à proximité. Il y eut une réunion des paysans du village. Le calva aidant le ton montait. Le plus courageux, sans doute celui qui avait le mieux profité de la vente de son beurre et de ses œufs en loucedé durant la guerre, décida qu'il fallait faire payer aux jeunes la folie des pères. J'allais en hâte prévenir les gamins de déguerpir et de faire dorénavant attention, que les plaies de la guerre étaient encore fraîches ici. Ils me remercièrent. La jeune fille me dit que mon allemand était très correct et me demanda où je l'avais appris. Sans préciser mais avec un grand sourire je lui répondis avoir passé un long séjour linguistique dans son pays.

A la fin des années soixante-dix, j'arrivais à l'âge de la retraite. La grande entreprise qui alors m'embauchait sombra. Pas grave, j'avais fait mon temps. On calcula alors mes droits. Un fonctionnaire zélé déclara qu'on ne retrouvait aucune déclaration des entreprises qui m'avaient fait travailler avant guerre. On rechercha. Entre les bombardements des usines aéronautiques et les déboires de mes archives personnelles que le beau-père avait brûlé pendant la guerre pour allumer son feu, rien n'y fit. Je ne pus fournir aucune autre preuve tangible de ma bonne foi. C'est insuffisant pour un fonctionnaire. C'est dommage me dit-il, cela vous fait perdre au moins huit ans. Comment ? Oui, votre service et votre captivité ne peuvent être pris en compte puisque vous ne pouvez fournir aucune preuve de travail antérieur. Je suis resté stoïque, habitué à l'adversité. Ce type était de la trempe du schupo qui me poirait en disant : *krieg gross malheur…*

Grâce à ce zozo, il m'a fallu faire une année de chômage pour atteindre mes droits. J'allais pointer toutes les semaines. On m'a proposé de conduire des poids lourds, des cars scolaires. Oui, disais-je à chaque fois. Mais, le puis-je avec mon cœur malade ? Demandais-je innocemment. On n'insistait pas. Mon cœur allait très bien mais j'avais assez donné. Je n'ai pas eu d'amertume. Cela pourrit le foie. Mon foie est à l'unisson de mon cœur, malgré de nombreux excès. Nous laissons Marianne et ses séides sordides. Mon vieux pays et moi sommes au dessus de ces gueux de l'esprit. Ensemble, nous gardons notre sourire en coin. Affaire de courtoisie plus que de lassitude.

XII
La fin de ma jeunesse

J'étais démobilisé, j'allais avoir vingt-sept ans et je n'avais pas beaucoup profité de la vie : enfance pourrie, adolescence contrariée, jeunesse derrière les barbelés. Notez bien qu'avec tout ça, j'étais blindé. La contrariété ne m'atteignait plus. J'avais bien du mal à trouver du sérieux à mon scénario et au monde entier. À ce stade, je prenais la vie au jour le jour avec l'envie de rattraper le retard perdu sans penser au passé et encore moins à l'avenir.

Je vivais chez maman et le parâtre. Enfin, c'était mon adresse. Le plus souvent j'étais par monts et par vaux, dépensant ici ce que j'avais gagné là. Je m'amusais énormément, avidement. J'avais de la route à faire avant d'atteindre le trop plein. Voilà à quoi se passèrent mes premières années de liberté.

Maman s'inquiétait. Le beau-père, persuadé que j'étais définitivement un bon à rien, ne pouvait s'adresser à moi sans être rembarré. Je me foutais bien de la morale du bon travailleur consciencieux.

Mon beau-frère René commençait d'étendre ses activités. Lui n'avait pas été prisonnier. En quittant la navale après son mariage, il s'était recasé comme motard gendarme. Ce qui lui avait permis d'échapper aux combats puis, durant l'occupation, de mener ses affaires bien au-delà de la légalité. S'il avait aidé des résistants, et avec courage, son profit n'était jamais en dehors de ses motivations. Le marché noir lui permis d'atteindre la fin de la guerre avec de substantielles économies. C'était un sanguin, une force de la nature, un type à l'œil bleu glacial qui préférait le coup de boule aux longs discours comme je l'ai déjà dit. Lui aussi avait eu une enfance compliquée, un beau-père duraille. L'éducation de cette génération c'était celle du coup pied au cul, il n'en avait pas manqué. Avec ça, un culot monstre, une soif de s'élever avide et un cœur d'or pour les siens malgré les taloches dont il n'était pas avare. Il décida de m'associer à sa réussite.

Soucieux de mettre en mouvement des capitaux peu explicables, il investit dans le rachat des stocks américains. Des milliers de chaussures, de vêtements, de toiles diverses. J'étais chargé de la revente et j'utilisais mon réseau de copains pour inonder les marchés de la région parisienne. Nous n'étions pas les seuls et les bagarres avec la concurrence n'étaient pas rares. En moins d'un an, les stocks étaient écoulés et les profits substantiels.

Avec cette manne, René racheta une entreprise qui périclitait. Une fabrique de balais, balayettes et autres pinceaux. Là encore, je fus chargé de la revente. On ne s'improvise pas dans l'industrie. La grande difficulté du moment était de se procurer des colles fiables pour le crin.

René trouva des colles moins onéreuses pour la fabrication. Le résultat ne manqua pas : plongés dans l'eau, les poils des balais et brosses se désolidarisaient sans sourciller de leurs supports de bois. Mais il fallait écouler une masse importante de ces malfaçons. Je fus chargé d'aller inonder les marchés normands de nos productions merdiques.
La Normandie se reconstruisait. Elle avait besoin de tout. A Mézidon, alors que j'avais passé la journée à fourguer nos cochonneries, les choses commencèrent à chauffer pour mon matricule. Je vais à l'essentiel. Il fallut me sauver de ma chambre d'hôtel par la fenêtre, laissant mon stock sur place. Rentré à Paris, j'ai rendu mon tablier à René. Je fus bien soulagé, je n'avais pas l'esprit entrepreneurial, encore moins mercantile et l'idée de gruger les autres me mettait mal à l'aise de toute façon. René arrêta les balais peu de temps après, racheta une autre entreprise qu'il développa courageusement. Il devint rapidement prospère et respecté par ses concitoyens et même ses banquiers. Moi, j'avais quitté la course avant l'arrivée. Mais j'étais libre, indépendant, en conformité avec ma nature rebelle à tout ordre et toute contrainte.
J'ai un peu tout fait, au gré des combines et de fugitives inspirations. Je fus figurant dans des films dont je n'ai pas même mémorisé les noms. J'ai déchargé des camions aux Halles, des

Péniches à Bercy, j'ai même été apprenti boulanger quelques semaines.

Me promenant dans les beaux quartiers de Paris, j'admirais plus que tout les somptueuses et puissantes voitures. Voilà quelle était ma seule ambition, conduire ces merveilleux engins. Devant un grand garage de l'avenue de Wagram, je rêvassais devant le ballet des carrosses quand un type m'apostropha : ça te dirait de bosser au garage ? Quelle question ! Banco ! Mon rôle avait toute ma convenance : amener les voitures de l'accueil aux ateliers ou l'inverse. Le salaire était maigrelet mais les pourbiches plutôt copieux. J'étais aux anges au volant des plus belles voitures du moment. Je ne les conduisais que quelques dizaines de mètres, parfois un peu plus jusqu'à la station de lavage, mais cela ne faisait rien, j'étais heureux.

Mon patron m'aimait bien. Il me proposa de livrer les voitures jusque chez les particuliers. N'étant pas roublard de nature avec ceux qui sont corrects pour moi, je lui avouais piteusement ne pouvoir le faire, n'ayant pas de permis de conduire. Il n'y a pas que des pourris en ce bas monde. Il me paya le permis et même mon premier costume.

En livrant une voiture, un particulier me trouve une certaine prestance et me propose d'être son chauffeur, salarié au sein d'une grande entreprise qu'il dirige. Je n'avais pas l'âme d'un larbin mais mon patron me dit d'accepter, ce que je fis au final, le courant passant plutôt bien entre moi et mon nouveau boss.

Il y avait de nombreux avantages. J'avais droit à deux costumes trois pièces et une demie-douzaine de chemises blanches par an, une gabardine et un manteau renouvelables tous les trois ans, des pompes noires de luxe annuelles, le tout fourni dans une prestigieuse maison du boulevard Haussmann. Je disposais de la voiture de direction les soirs et les dimanches (à l'époque on bossait encore le samedi matin), et même pendant les vacances. Côté horaire, je passais chercher le tôlier tous les matins chez lui et je le ramenais le soir. Le reste du temps, je m'occupais de l'entretien de la voiture et de ma petite personne. Parfois, il me demandait comme un service de bien vouloir emmener son épouse faire des courses dans les grands magasins et l'aider à ramener les emplettes. D'autres fois, je l'accompagnais dans des réunions en province lors de tournées gastronomiques où les affaires se traitaient tout autant que les panses et les gosiers. Je n'avais plus de pourboires mais un salaire régulier et convenable.

Ce patron était épatant pour moi. Jamais une récrimination pour un parcours trop long, mon sens de l'orientation ne s'étant jamais amélioré. Je suis resté auprès de lui une dizaine d'années, jusqu'à sa mort. Je l'ai ramené, agonisant, dans sa belle demeure du Bourbonnais. Il était mort durant le parcours sans que je m'en rendre compte. Son épouse me remercia de ne pas le dire et le médecin de famille déclara son décès à l'arrivée pour ne pas compliquer les choses. J'eus de la peine. Son successeur fut de la même veine et le successeur de celui-ci également. Je suis donc resté dans cette boîte durant tout le reste de ma vie active, jusqu'à ce qu'elle coule comme je l'ai déjà expliqué. Mon dernier patron me déclara agent de maîtrise, assimilé cadre, ce qui dans la sidérurgie avait des avantages de rémunération et donna à mon année de chômage déjà évoquée ainsi qu'à la retraite qui s'ensuivit un niveau de vie très acceptable.

Mais revenons au début de cette existence un peu calmée. J'avais alors trente ans. Ma vie professionnelle se passait dans de beaux hôtels particuliers de la rue de La Tour des Dames, dans le quartier de La Trinité. Bientôt, j'y rencontrais une jeune fille dont je tombais amoureux. Il fallait bien que ça arrive et que ma vie de patachon prenne fin. Sa jeunesse aussi avait été difficile, son père, résistant, mort en déportation, sa mère disparue, sa grand-mère qui l'avait en grande partie élevée, hémiplégique et hospitalisée. Nous ne pouvions que compter sur nous mêmes pour bâtir une nouvelle famille. C'est ce que nous fîmes. Mon patron m'octroya une prime et quelque temps plus tard, un logement de fonction dans un petit pavillon d'un des deux hôtels particuliers où était situé le siège social de la compagnie. C'est là où grandiront nos deux enfants, au milieu de jardins romantiques dont nous étions les seuls occupants les fins de semaine.

Voilà ce que fut ma jeunesse avec ses petits hauts et ses grands bas. Dans les repas de familles j'ai surtout conté de façon cocasse des anecdotes plaisantes. Je n'ai pourtant pas oublié les années difficiles. Elles m'ont accompagné tout au long de la vie avec leurs échos cruels. Mais c'était mon affaire. On ne partage que le bonheur.

XIII
En guise de conclusion

Mon beau-dabe est mort en 68. Maman n'a pas voulu quitter son petit pavillon de la cité des jardins. Elle y a vivoté, entourée de voisins vieillissants aussi. J'allais la voir presque tous les dimanches matins. Ma femme ne s'était jamais trop bien entendu avec elle. J'y allais donc seul, quelquefois avec les enfants.

Gaston, installé dans l'Yonne, venait aussi parfois la voir. Jeannette également. Elle avait proposé de la prendre avec elle, dans la grande maison d'Ivry-le-Bataille, au bord de l'Eure, là où elle et René avaient fait construire une opulente chaumière normande de grand style. Mais elle préférait rester chez elle, dans cette cité où elle était depuis près d'un demi-siècle. Chaque jour, elle allait au cimetière sur la tombe du Philogène. Finalement, je me rendais compte qu'elle l'avait aimé le parâtre. Elle ne s'intéressait plus à grand-chose. Sa seule aspiration semblait de le rejoindre.

Début février 72, elle mourut. Il faisait encore nuit. Elle s'était levée, avait allumé comme à l'habitude sa vieille cuisinière émaillée. Elle s'était attablée devant et avait commencé d'écrire une lettre à Gaston. Pas à moi ni à Jeannette, à Gaston. Sa fine écriture courait sur la feuille. Puis, elle a senti un grand froid. Au milieu de la dernière phrase, l'écriture a commencé à devenir tremblotante. Elle a posé son stylo et est retournée se coucher. Dans la matinée, sa voisine s'est inquiétée de ne pas voir les volets ouverts. Elle a appelé la famille. C'est mon neveu Marcel qui est venu. Il est passé par l'arrière. Maman semblait dormir mais elle ne respirait plus. Quand je suis arrivé avec mon fiston, il y avait mes deux neveux, fils de Jeannette, l'un avec son épouse. Elle, plus tard, me dit m'avoir regardé quand je vis ma mère morte. Elle remarqua une larme qui perlait à mes yeux. Il n'y a pas grand monde dans mon existence qui puisse dire m'avoir vu pleurer. Ma jeunesse bâclée, comme en attente, s'achevait là. J'avais cinquante-quatre ans.

Pour finir sur une note plus optimiste, il me faut vous parler de MA maison, ma bicoque normande. Elle et moi nous nous sommes rencontrés en 1950. C'était la maison de la nourrice de ma femme, là où elle fut élevée les dix premières années de sa vie. Nous y viendrons pendant toutes nos vacances jusqu'à la mort de la nourrice, en 1953. La maison, vieille chaumière en torchis, dont seul le vieux pignon était fait de pierres, commençait de s'effondrer d'un peu partout. C'était une ruine. Ma femme ne tenait plus à y revenir. Moi, l'électron libre de toutes racines, le vagabond des souvenirs disparates, j'avais trouvé dans cette maison comme un appel à l'ancrage. Je ne peux vous l'expliquer mais je m'y sentais en paix, apaisé plutôt, en deux mots : chez moi. L'endroit et moi faisions cause commune. J'insistais et nous avons racheté au paysan le bâtiment au milieu d'une petite parcelle de terre. J'ai mis vingt ans à tout y remettre d'aplomb. Il ne resta plus grand-chose de l'origine : le pignon, les poutres de la charpente et celles de la grande salle. C'est réellement devenu ma maison. J'ai assouvi là l'instinct de possession moi qui n'avait jamais rien eu. Quand on y arrivait, passé la barrière, la frontière pourrais-je dire, j'étais maître en mon royaume. J'y préparais ma retraite et je pus en profiter pleinement la douzaine d'années que la vie m'accorda encore, en revanche ou, plutôt, en indulgence plénière. Il y a une grande cheminée où, le soir, il m'est arrivé souvent de converser en silence avec mon père, ma mère et ma sœur Louisette. Je leur ai offert ce havre de paix, au-delà des tourments de leurs vies. Ces moments rares furent un émouvant aboutissement pour moi.

Pour le reste, je n'en dirai plus rien. Cela s'est construit avec ma femme, mes enfants et mes petits-enfants. Je ne leur raconterai pas ce qu'ils ont vécu. Nos souvenirs communs deviendront ce qu'ils voudront en faire. Peut-être simplement de la poussière accumulée avec celle du temps, dispersée dans le vent des destins oubliés. En attendant, Dédé vous salue bien !

Josnes, septembre-novembre 2017